LES ARAIGNÉES

DE MON PLAFOND

LIBRAIRIE E. DENTU, ÉDITEUR

DU MÊME AUTEUR

IMPRIMERIE D. BARDIN, A SAINT-GERMAIN.

LES
ARAIGNÉES
DE MON PLAFOND

PAR

PIERRE VÉRON

PARIS

E. DENTU, ÉDITEUR

LIBRAIRE DE LA SOCIÉTÉ DES GENS DE LETTRES

PALAIS-ROYAL, 15-17-19, GALERIE D'ORLÉANS

—

1880

PREMIÈRE PARTIE

SCÈNES ET FANTAISIES

LES IMPRESSIONS

D'UN SPECTATEUR

NASTASE GRIBOURDIN, brave culti-
vateur de la commune de Balandois,
se trouvant de passage à Paris et se
rappelant qu'il est un neuf-millio-
nième du suffrage universel en sa qualité d'élec-
teur, n'a pas voulu laisser passer l'occasion d'assister à une séance de la Chambre.

Un député de son département lui avait promis une carte. Mais vu qu'après trois jours de
démarches et de rendez-vous, Anastase Gribour-
din n'a rien pu obtenir, il a pris hardiment son

parti; tout paysan qu'il s'intitule, son boursicot étant grassement garni, il s'est, moyennant vingt francs, payé un billet de tribune de deuxième rang.

Les impressions d'un citoyen aussi naïf et aussi peu versé dans les choses politiques nous paraissant intéressantes à étudier au point de vue psychologique, nous allons, avec la baguette magique du *Diable Boiteux,* soulever tout doucement le couvercle du crâne du bonhomme et le suivre à partir du moment où il franchit le pont de la Concorde.

* *

— Allons, ne perdons pas de temps.

L'homme qui m'a vendu ma carte m'a recommandé d'être là à une heure, au plus tard... On dit que la journée sera chaude.

Je vais donc les voir dans toute la majesté de leur mandat, nos bonnes gens de députés.

Je me figure que ce doit être bien imposant. A l'école primaire, on nous parlait dans le temps des sénateurs romains assis avec de grandes barbes dans de grandes chaises... Ça doit être quelque chose dans le même genre, moins les barbes.

Ah ! ah ! je crois que c'est ici. Il y a des voi-tures à la porte. Plaît-il? monsieur la sentinelle; je suis dans mon droit ; j'ai acheté une carte. Ne croisez pas la baïonnette, comme si j'étais un Prussien. Quand je vous dis que j'ai acheté... Ah ! il faut que je vous la montre!... Dieu de dieu !... par exemple !... ce serait trop fort... Attendez, je vous en prie... je l'avais mise dans la poche de mon... Ah ! saperlotte !... Une carte qui m'a coûté vingt francs... Ah ! nom d'un petit bonhomme !... la voilà, monsieur, la voilà... Je savais bien... j'ai eu une peur... Toujours tout droit, monsieur le gardien? Vous êtes bien aimable, j'ai l'honneur de vous saluer.

C'est drôle, je ne me faisais pas du tout la re-présentation de tout ça, comme c'est. Un tas de petits esceliers avec des murs blanchis. Il n'y a rien de majestueux du tout. Madame, je vous en prie, laissez-moi mon parapluie, je ne m'en sépare jamais. Me prenez-vous par hasard pour un de ces hommes subversifs qui sont capables de se faire une arme de tout contre les repré-

sentants du pays? Je vous répète que je ne m'en
sépare jamais.

C'est la règle?... Nous sommes donc au spectacle??... Enfin, puisque vous le voulez... Com·
ment! trois sous encore, j'ai déjà payé·vingt
francs... Mon Dieu! ne vous fâchez pas, on va
vous les donner vos quinze centimes.·

M'en voilà débarrassé! Monsieur le garçon,
je vous présente mes devoirs. Je viens pour contempler nos députés dans tout leur éclat. Voici
ma carte. Bien obligé. Ah! le premier rang est
réservé aux dames? Moi je trouve ça juste. J'ai
toujours été pour la galanterie. Mesdames, j'ai
bien l'honneur... seulement voilà une diable de
colonne qui va joliment me gêner. Bah!...

Tiens... tiens... tiens... c'est tout à fait comme
à la comédie. Qu'est-ce que c'est que cette petite
machine carrée qui ressemble à la boîte à Gui-
gnol? La tribune?... Bien obligé, monsieur...
C'est qu'il faut vous dire que c'est la première
fois... Depuis que je suis au monde, et pourtant
ce n'est pas d'hier, je m'étais toujours promis
de ne pas mourir sans avoir vu ça. J'ai payé
vingt francs, mais je ne les regrette pas.

Il n'y a encore personne aux fauteuils d'orchestre. Ah ! c'est là que se mettent MM. les représentants ! En effet, en voici sept ou huit qui arrivent. Ils causent. Ils rient. Ils tirent des lorgnettes. Jusqu'à présent, ça ne rappelle pas du tout les sénateurs romains.

Et celui-là qui met ses genoux à la hauteur de sa tête pour faire un somme. Tiens, en voilà un autre qui échange des sourires avec une petite dame, qui n'est pas mal du tout, ma foi. On dirait qu'ils vont faire la conversation tout haut. Décidément, ce n'est pas sénateur romain du tout.

Oh ! oh ! qu'est-ce que c'est que ce gros-là qui a une bonne figure et qui monte l'escalier précédé par des messieurs portant un chapeau à claque ? Le président ?... Allons donc, j'ai vu la photographie de M. Gambetta et... Pardon. Je comprends... le président de l'Assemblée. Il me plaît bien, à moi. Mais il n'a pas l'air de s'amuser. Il commence par bâiller. Peut-être qu'il était en retard et qu'il a déjeuné trop vite, et alors des tiraillements d'estomac...

Qu'est-ce que c'est que ce cahier qu'il tend à

un voisin? On va nous lire quelque chose...
Chut!... silence!...

Je n'entends rien du tout. Ils parlent tous
comme si de rien n'était. Il est possible que cela
ne les intéresse pas, eux qui font toujours la
même chose, mais moi qui ai payé vingt
francs...

Il est tout à fait complaisant, le monsieur qui
est placé à côté de moi. Il m'explique que c'est
le procès-verbal... que l'autre remue simplement
les lèvres, et ne dit rien du tout... Alors, pourquoi faire la frime?

Drelin! drelin!... Ah! bien ouitche!... Il paraît qu'ils en ont long à se raconter. Drelin!
drelin!... Ils n'y font pas seulement attention,
à la sonnette du président.

Par exemple, voilà un monsieur qui a joliment raison... Il trouve cela inconvenant et il
leur crie de se taire. Ma foi, tant pis, je vais crier
aussi... Hé! là-bas!...

Mon voisin me fait observer que je n'en ai
pas le droit... que le monsieur qui criait était
un huissier, qu'on va me mettre à la porte si je
continue.

Dame ! j'en veux pour mon argent.

En attendant, je vais me faire expliquer les figures.

Savez-vous quel est ce joli brun? Vous ne savez pas? Merci... En voilà un qui marche avec une canne.

Il a l'air bien cassé pour pouvoir faire les affaires de la France, lui qui ne peut seulement pas se tenir debout.

Hein!... c'est un ministre qui entre?... Ah! le malin. Voyez-vous ça.

Et alors, il ne met rien du tout sur sa personne?... pas de décoration?... pas de chapeau à plumes?... rien de rien? C'est drôle, toutes les fois que les membres du gouvernement ont passé par chez nous, ils étaient en grande toilette.

Encore la sonnette? Ah! on a l'air de vouloir écouter... probablement il s'agit de quelque affaire bien utile au pays.

Pas du tout. C'est un député qui voulait dire quelque chose de désagréable à son collègue. On rit à se tordre d'un côté, on est furieux de l'autre.

Comment!... ils s'apostrophent tout haut...
en remuant le bras?

Ah! mais non, jamais je ne me serais figuré
que la Chambre des Députés c'était ce que je
vois là.

On se calme un peu. On va discuter. Un orateur monte à la tribune. Il commence par boire.
Il sera venu très vite. Il parle d'un honorable
membre, d'une commission. Quelle commission? Je ne comprends pas ce que ce mot-là
veut dire. Mais si le membre est honorable,
pourquoi diable en dit-il maintenant des abominations?

L'autre arrive pour fournir les explications
demandées. Il ouvre la bouche. On crie de façon
à ce qu'il ne puisse rien dire. Alors pourquoi
l'interrogeait-on?

Le gouvernement intervient. C'est une mêlée
générale. Tout le monde proteste à la fois, mais
pas dans le même sens. On va en venir aux
mains. Et le président, qui n'a pas l'air plus
ému que rien du tout! Il faut qu'il y soit habitué. Je vais demander à mon voisin.

— Pardon, monsieur, est-ce que c'est tous

les jours des scènes pareilles?... Pas possible !

Eh bien, si j'avais su, je vous jure ma parole que j'aurais gardé mes vingt francs.

Ce n'est pas pour la somme.

Mais je ne leur conterai pas ce que j'ai vu, aux gens de chez nous.

Ça leur ferait trop de peine.

Parce qu'il faut vous dire, je suis d'un département encore occupé par les Prussiens.

Encore... ma foi, je m'en vais.

Serviteur, monsieur. Mesdames, j'ai bien l'honneur.

On entend encore crier du premier étage! Ouf! me voici dehors. Mon Dieu !...

Allons, bon ! tout ça m'a tellement fait perdre la tête, que j'ai oublié mon parapluie au vestiaire. On ne veut pas me laisser rentrer. Ah bien ! plus souvent que j'y remettrai les pieds dans ces histoires-là... Perdre du même coup un parapluie tout neuf et ses illusions...

LE DÉRAILLEMENT

'ÉPOUVANTABLE scène !

Le train filait à toute vitesse, un train joyeusement rempli que la vapeur emportait plein de touristes en fête vers la plage à la mode.

Ce n'étaient d'un bout à l'autre que propos de belle humeur et éclats de rire. Ceux mêmes qui dormaient sous l'influence d'une douce digestion faisaient des rêves de plaisir.

Mais tout à coup un épouvantable choc a secoué le convoi, qui s'est mis à courir par bonds désordonnés avec des bruits étranges et des craquements sinistres.

Les têtes s'entre-choquent avec les têtes ; les cris de douleur répondent aux exclamations d'épouvante; les roues s'enfoncent dans le sable, elles s'en arrachent par un effort désespéré, et le train passe en titubant d'une effroyable façon sur un pont dont il déchire à moitié le tablier.

Enfin on va s'échouer avec fracas contre un rocher. Les voitures volent en pièces ; des corps, des membres rejaillissent à droite et à gauche. La locomotive éventrée vomit la fumée et la flamme, couchée sur le flanc et faisant entendre des sanglots comme un monstre blessé.

Du fond de ces décombres sortent des voix qui n'ont plus rien d'humain; ceux-ci implorant du secours, ceux-là demandant qu'on les achève. On commence à voir couler des ruisseaux de sang dans les interstices des débris, pendant que, des femmes, des enfants se précipitent à travers champs, grisés par leur propre salut, voulant échapper à cette scène de carnage et de désolation.

. . . .

Tout cela assurément est bien horrible. Pareil spectacle restera à jamais gravé dans la mémoire de ceux qui ont eu le navrant privilège d'y assister.

Tout à l'heure, cependant, en lisant dans un journal le récit de je ne sais quelle catastrophe de ce genre, je pensais à part moi qu'il est d'autres déraillements en ce monde qui, pour déployer de moins funèbres pompes, n'en ont pas de moins terribles résultats.

Ces déraillements-là, seulement, n'opèrent pas en gros, ils saccagent et tuent en détail. Ce qui fait que notre insouciance y prend moins garde, quand, en réalité, ils sont les plus destructeurs.

Le déraillement de l'honneur, par exemple. Oh! c'est bien peu de chose en apparence.

Cet homme était caissier; un train de vie d'une régularité sans rivale. Pendant vingt années il remorqua, sans broncher, les millions du patron; jamais en retard, toujours dans les limites réglementaires.

Il cheminait ainsi doucement, lorsque tout à coup un rien, placé en travers de la voie, va le jeter dehors. Ce rien, c'est le mauvais conseil d'un ami véreux, ou le sourire d'une femme. Il

n'en faut pas plus. L'ambition arrive ou le désir
de satisfaire les caprices de la sirène.

Un coup de grattoir sur ses écritures. C'est
fait. Il a déraillé.

Il ne s'arrêtera qu'en cour d'assises. Ici les
pleurs et les grincements de dents restent dans
la coulisse. Mais quelles conséquences !

Trente ans plus tard, la réputation du fils
boitera encore de l'honneur mutilé du père.

Non moins terrible le déraillement politique.
On s'était conquis une renommée légitime. On
avait la confiance d'un peuple. On s'était paré de
convictions généreuses qu'on jurait de défendre
jusqu'à la mort.

Misère humaine !

Un morceau de parchemin placé sur le rail,
le brevet d'un emploi, le ruban d'une décoration
suffiront pour amener la catastrophe.

Les convictions craquent, se désagrègent, et le
déraillé, sur lequel comme une vapeur brûlante
se met à couler le mépris public, se débat sous
ses propres ruines.

Il faudrait presque un volume entier pour

faire un traité complet des déraillements de l'amour et du mariage.

Les deux ne font pas qu'un, notez-le bien.

Ceux-ci ont le privilège de faire toujours rire les spectateurs ; vous auriez tort d'en conclure qu'ils sont plus gais que les autres.

— Ce n'est rien, dit la galerie, c'est une femme qui se noie.

Mais elle ne se noie pas seule à la suite du déraillement. La malheureuse ! Qu'a-t-il fallu ? presque rien encore.

Le convoi était parti de l'embarcadère de la lune de miel. Comme on roulait doucement ! Cela dura ainsi pendant quelques étapes. Puis vous savez le reste. L'accroche-cœur d'un joli monsieur, une bête de déclaration, la coquetterie, l'amour du luxe, n'importe quoi s'est glissé sous la roue.

Ceux qui font des rapports sur ce genre d'accidents ne savent le plus souvent eux-mêmes à quelles causes les attribuer.

Il n'y en aura pas moins de lugubres conséquences : du sang versé, des enfants privés des caresses maternelles, des familles bouleversées...

Si c'est le mari qui déraille... c'est là que les spectateurs rient encore bien plus fort. Et pourtant !...

Allons ! c'est bien, lecteur nerveux, vous faites des signes que je comprends, et je n'approfondirai pas, parce que vous prétendez que c'est de vous que j'allais parler.

Par ici, le déraillement de la misère.

Pauvre petite ! Jeune, belle et pas de pain au logis.

Elle a passé au-dessus de bien des précipices sans y tomber. Mais le déraillement n'y perdra pas ses droits pour cela. Si ce n'est demain, ce sera après-demain. C'est le destin.

Il faut que l'herbe tombe au tranchant des faucilles.

Par là, le déraillement de la fortune.

Informez-vous au bureau des renseignements de la gare située place de la Bourse.

En voilà une ligne où l'accident est une seconde nature ! Dans la gare même on ne voit que blessés couchés sur des civières. Les autres ne leur en passent pas moins sur le corps pour grimper dans le train.

On les rapportera demain mutilés à leur tour.

Et les déraillements de l'art !

C'était un enfant prodige, hélas !

A huit ans il composait déjà ou déjà dessinait.

Sa réputation, chauffée à toute vapeur, s'en allait, laissant derrière elle un panache de cette fumée qu'on appelle la gloire.

Les flatteurs ont mis en travers leurs gros.pavés de l'ours. Tout s'est disloqué ! Hélas ! que j'en ai vu rester en route de ces convois-là !

Mais le plus lamentable de tous, le déraillement des déraillements, n'est-ce pas le déraillement du cerveau humain ?

Mystère insondable ! Ici ce n'est pas un pavé, c'est un grain de sable qui opère.

La machine est à peine maintenue de chaque côté par un rebord d'un millimètre d'épaisseur.

C'était l'harmonie, cela devient le chaos. C'était le génie, cela devient la folie ou l'idiotisme. C'était la lumière, cela devient les ténèbres. On ne s'y reconnaît même plus au milieu des épaves qui jonchent le lieu du sinistre.

La raison se débat dans un coin, la mémoire agonise dans l'autre. Toutes les autres facultés, se cramponnant à des débris, crient au secours. Le secours ne peut pas venir. Et le foyer, tout à l'heure ardent, n'est plus qu'un amas confus de cendres, d'eaux bourbeuses, de cervelle éteinte.

A quoi donc pensait l'aiguilleur ?...

Je le disais bien que les plus redoutables déraillements ne sont pas ceux qu'un vain peuple pense.

Souhaitons-nous mutuellement d'ailleurs de n'avoir pas à choisir.

L'ARGENT DU TAILLEUR

 L avait pris la plume.

Et, de sa plus belle écriture, il avait écrit :

« Mon cher oncle,

« Voici le printemps, et je ne vous cacherai pas que j'ai le plus vif désir de faire sa connaissance. Mais, pour cela, il faut sortir et je n'ose.

« Je n'ose, car ma tenue vous couvrirait de honte, si quelqu'un me rencontrait dans la rue. Mon tailleur, pourtant, refuse avec opiniâtreté de m'ouvrir un crédit nouveau avant que j'aie jugé bon de fermer l'ancien. Que faire ?

« En ces conjonctures, mon cher oncle, je me

suis rappelé votre bonté dont vous m'avez donné déjà tant de preuves; une de plus mettra le comble à ma gratitude. La note s'élève à deux cent soixante-dix-sept francs cinquante-cinq.

« J'attends une réponse par le retour du courrier, et vous prie d'agréer d'avance les remercîments empressés de votre tout dévoué neveu.

« Albert Duclosel. »

Huit jours s'étaient écoulés, et il se livrait, dans sa chambre morne, à l'âpre volupté du monologue.

— Une semaine sans me répondre !... Peut-être mon oncle était-il malade !... Il ne voudrait pas me donner de ces fausses joies-là... Lui, malade !... Un pont-neuf en redingote !... Mais alors, il refuse !

Il refuse !... Il veut donc briser ma carrière !... Oui, la briser... Car, il n'y a pas à dire, je ne puis décemment me présenter nulle part avec un tel accoutrement...

Un paletot qui a trois hivers de service !... Le vieux brave a résisté héroïquement. Mais que voulait-on qu'il fît contre trois ?

Les jours de neige et de pluie, cela allait encore... Les temps de brouillard me souriaient également... Excellent le brouillard pour les vêtements râpés... Cela estompe.

Mais avec le brutal de soleil qu'il fait... L'impitoyable m'a révélé à moi-même une foule de sinistres que je ne soupçonnais pas.

Ces taches sur les revers... Toutes les benzines coalisées sont restées impuissantes... J'ai comme des piqûres géométriques dessinées tout le long de... Et ces coutures, juste ciel ! ces coutures ! · L'hiver, avec la collaboration de l'encre, je pouvais encore faire illusion... à distance... Mais elles blanchissent à quinze pas... Et moi je rougis !

Plus cet accroc au coude... J'ai essayé des reprises. Au théâtre, cela réussit quelquefois... Mais en matière de toilette, jamais...

Allez passer un examen de droit dans une semblable tenue !... Je ne le passerai pas... Je ne mettrai plus le pied à l'école... C'est mon avenir qui...

Ayez donc des oncles pour qu'ils vous traitent avec cet oubli de ce qu'ils vous doivent... et ce souci de ce qu'on leur doit... car je gage qu'il s'est rappelé les quatre cents francs que je lui ai empruntés à la fin de l'automne...

Hein ! On frappe !... Une lettre chargée !... Monsieur le facteur, vous ne sauriez croire à quel point votre visite me touche... Avoir pris la peine de monter mes quatre étages pour...

Plaît-il ? Il faut signer ?... Deux fois, si vous le souhaitez...

Au revoir, j'espère, monsieur le facteur... au revoir.

C'est bien de lui, de mon oncle... Oh ! oh !... les écus sont escortés de deux pages de remontrances.

Passons tout de suite à la péroraison. Il doit conclure, mon oncle... « Souviens-toi, mon cher Albert, que l'argent du tailleur doit t'être sacré... Si tu le dissipais... »

Le dissiper... moi !... le dissiper !... J'ai bien trop souffert de me voir réduit aux loques sinistres que j'ai traînées cet hiver.

Un chèque de 277 francs sur son banquier... Il n'a pas même oublié les centimes, le digne oncle !...

Courons encaisser cette somme, qui, comme il le dit, m'est deux cents soixante et dix-sept fois sacrée!...

Il s'est habillé, il a descendu l'escalier. Il est sur le trottoir :

— Oui, vous pouvez me regarder, allez! votre regard ne m'intimide plus, je ne rougis plus de ma misère... Ne serai-je pas dans quelques jours à la tête d'un costume étincelant!... De quelle couleur le prendrai-je ?... Le bleu est assez printanier... avec une bande sur le côté du pantalon... c'est bien porté à l'École de droit, les bandes sur le côté...

Les paletots à revers de soie... cela s'use bien vite, la soie... c'est comme les collets de velours...

Peut-être, au lieu d'un paletot, une redingote serait-elle plus sérieuse... à la veille d'être reçu avocat... ou tout au moins à l'avant-veille...

Je consulterai mon tailleur... Le bonhomme va être ravi... et surpris donc! Il ne devait guère, après la façon dont je l'ai reçu la fois dernière, espérer que je...

Ah! ah!... c'est ici que demeure le ban-

quier ... Pourquoi ne dirais-je pas : *mon* banquier ?

Ce possessif sonne doucement à l'oreille : mon
banquier !...

Oui, caissier, je viens pour toucher. Vous avez
beau me toiser d'un air de doute, c'est ainsi...
L'habit ne fait pas le moine, caissier. On a des
chèques dans sa poche.

Des chèques de 277 fr. 55 cent... Il est tout
de suite devenu plus poli! Oh! l'humanité!

Merci... Le compte y est bien... Logeons le
tout au plus profond de mon porte-monnaie.

Lui aussi doit être surpris de cette agglomé-
ration inaccoutumée... Il me semble qu'on respire plus largement quand on a de l'argent dans
sa poche...

Au fond, pourtant, ce n'est pas à moi. C'est
l'argent du tailleur... Un argent sacré...

Du diable si je n'obtiens pas un rabais des
17 fr. 55... L'air matinal m'a creusé l'appétit...
Prélevons de quoi...

Tiens, Gustave... Cela va bien ?... Merci, pas
mal, moi, comme un homme qui a une faim !...

et qui va déjeuner... Au fait, voulez-vous partager mon omelette?... C'est dit.

Entrez, je vous en prie, mon cher... Mettons-nous à cette table là-bas... Nous serons plus tranquilles pour causer... Garçon ! deux couverts !...

Si nous prenions une douzaine... Garçon ! une douzaine... avec une bouteille de chablis...

A votre santé !...

Figurez-vous, mon cher, que mon oncle vient de m'envoyer un chèque... Mais c'est de l'argent sacré... L'argent de mon tailleur... A votre santé !... Non, parole... Mon oncle me le dit dans sa lettre... Il a raison.

Je ne peux pas... Garçon ! une autre bouteille de chablis... et des asperges...

Ma foi, tant pis !... Il rabattra bien 40 fr... C'est si voleur, ces gens-là.

Garçon ! le café, des cigares et des liqueurs !

C'est drôle... j'ai une envie de villégiature... mais une envie !

Je ne sais pas si c'est l'effet du déjeuner... Il était excellent, hein? Gustave... Dis-moi qu'il était excellent.

Un peu cher... 28 fr. 75!

Mais puisque je rabattrai 40 fr... c'est 12 fr. qui me restent pour la partie de campagne.

Car je t'emmène à la campagne. Nous passerons auparavant chez Irma... Bah! le tailleur n'est pas un tigre, après tout!

Il se contentera d'un à-compte de 150 fr., n'est-ce pas, Gustave?... Dis-moi qu'il se contentera...

Nous dînerons là-bas... dans un bosquet... à la grille du parc de Saint-Cloud ou à Villebon.

Après tout, il y a dans les magasins de confection pour 49 francs des habillements complets magnifiques.

Je remets ma visite au tailleur, je garde la différence.

A neuf heures du soir il achevait de dîner en compagnie de Gustave.

Et se parlant à lui-même :

— En somme, j'exagérais.

Il n'est pas si laid mon vieux paletot.

Avec un nettoyage habile et une pièce... il fera encore six mois.

Je l'ai méconnu... Et puis, tant pis pour ceux qui jugent les hommes sur les apparences !

Positivement, les coutures se tiennent encore... Le col peut se retourner...

Et je m'installe ici pour huit jours.

Une semaine de villégiature... je t'invite, Gustave... j'ai besoin de me refaire. Qui? mon oncle?... je ne l'ai pas oublié... L'argent du tailleur, c'est sacré... mais la santé, c'est sacré aussi... A la tienne !...

VOYAGE AUTOUR DU SALON

RAND émoi dans le monde des ateliers.

La sommation dernière a paru à l'*Officiel*.

L'oracle a déclaré tout net qu'aucun délai privilégié ne serait accordé, cette année, pour le Salon aux artistes retardataires. Il faudra être rigoureusement prêt pour le 20 mars.

Dès que cette mise en demeure est venue relancer les insouciances, tous les pinceaux ont des frétillements furieux. Les sculpteurs jouent du marteau ou de l'ébauchoir avec frénésie.

2.

Très curieux le spectacle des dernières semaines
qui précèdent l'*envoi*.

La fourmilière artistique prend des aspects
tout particuliers.

Que de types divers!

Celui-ci est le lièvre de la fable. Il a toujours
le temps.

Vous allez le voir.

Vous vous trouvez en présence d'une toile
presque blanche, sur laquelle sont simplement
tracés au fusain quelques signes hiérogly-
phiques.

— Qu'est-ce que vous pensez de mon tableau ?
dit-il avec un aplomb imperturbable.

— Je pense qu'il n'est guère avancé, et que si
vous ne vous pressez pas...

— Laissez faire, je suis bien tranquille; je
l'ai tout entier dans la tête.

— Encore faudra-t-il...

— Je vous dis qu'il est là.

— Mais...

— A gauche, deux jeunes filles... les voyez-
vous?

— Pas trop.

— Moi je les vois comme si elles y étaient. La pose est trouvée ; j'en réponds. Un grand ciel au fond. Dans le lointain une colline ; à gauche, un ruisseau.

Et il continue à vous montrer les traits de fusain.

— Et combien croyez-vous qu'il faille de temps pour le peindre ?

— C'est l'affaire de trois journées ; quand je m'y mets, voyez-vous...

Seulement il oublie d'ajouter, comme l'a dit Mürger, qu'il y a des années où il ne s'y met pas.

Ce second est un contraste frappant avec le précédent. Jamais il ne croit pouvoir arriver. Et ce sont de sempiternelles lamentations :

— C'est impossible !... je n'exposerai pas cette année !

— Mais votre paysage est presque complètement achevé.

— Complètement ! Vous voulez rire... J'aurais pour six mois de travail dessus, si je m'écoutais.

— Ne vous écoutez pas trop.

— Rien que pour les fonds j'ai besoin d'une semaine... D'une autre pour le ciel.

— Il me paraît fini...

— Allons donc ! L'effet n'y est pas !

Sur quoi notre homme se remet à *pignocher* à petits coups de brosse. A chaque touche, il faut qu'il se lève et prenne un temps de recul pour juger de ce qu'il vient de faire. Sur le dos du commissionnaire, dans l'escalier, il courra encore pour ajouter un glacis !

Autre contraste.

Celui-ci est le cachottier.

Il entend que personne ne pénètre dans son sanctuaire. Il fait dire par sa concierge qu'il est en voyage et qu'il ne reviendra qu'au mois de juin. S'il entend monter l'escalier, il pâlit, craignant qu'un visiteur n'ait forcé la consigne.

On n'aurait qu'à lui prendre son sujet ! Ou même qu'à aller le raconter.

C'est sa toquade, à cet homme ! Il veut tirer le coup de pistolet de la surprise.

Son confrère X..., au contraire, est exubérant. Il veut que l'univers entier parle d'avance de lui.

Il racole dans les cafés les premiers venus,
pour les emmener et les mettre en présence de
sa marine. Il suffit que vous preniez un bock à
la table voisine pour qu'il vous invite à être de
la petite fête.

‹ Et les journalistes! Ah ! si vous en connaissez
un, envoyez-le-lui. Il en mourra de félicité.

Par exemple, n'essayez pas de risquer le plus
timide conseil.

Il est de bronze.

Tout ce que vous pourrez lui dire ne servira
qu'à amener sur ses lèvres un sourire dédaigneux
qui signifie clairement :

— Le pauvre garçon !... comme si je n'étais
pas sûr de mon affaire.

Ce troisième, par contre, a la manie opposée.

Quiconque lui fait une observation a raison.
Si vous lui dites que son bonhomme est trop
grand, crac ! il le rapetisse. Si un autre survient et
le trouve trop petit, vlan ! il le rallonge.

Vous insinuez que la robe aurait dû être bleue.
C'est fait avant que vous ayez fini de parler.
On lui demanderait un arbre violet, qu'il s'exécu-
terait de même.

C'est le pinceau girouette.

Si les artistes offrent toute une galerie de types différents, non moins différentes sont les physionomies des coureurs d'ateliers.

Une classe à part.

J'en ai connu un qui s'était collé à lui-même une étiquette pittoresque. Il s'intitulait :

« Artiste consommateur. »

Il y a, en effet, toute une catégorie de gens qui ne pratiquent pas, mais officient de la parole, du matin au soir, chez tous les peintres et tous les sculpteurs.

Aux deux extrêmes, se trouvent le *bénisseur* et le *décourageur.*

Le bénisseur a sa petite clientèle. Tout est beau, tout est grand, tout est admirable.

A peine a-t-il pénétré dans un atelier, qu'il se campe devant le chevalet.

D'abord il ne dit rien. Il cligne, il se penche, il se redresse, puis il laisse échapper un : « Mâtin !! »

— Eh bien, comment trouvez-vous ça ? demande l'artiste, à qui cette exclamation ne saurait suffire.

— C'est étonnant, mon cher.

— Vrai?

— Ça y est !

— Vous trouvez ?

— Est-il assez amusant ! Votre toit, avec la cheminée qui fume, ça sera un rude effet.

Les litanies de l'enthousiasme, ainsi débitées, font bien venir le bénisseur, qui, quelquefois, se fait de l'applaudissement une carrière et se crée ainsi, avec des croquis récoltés par-ci par-là, de petites collections qu'il liquide de temps en temps.

Mais la vérité m'oblige à constater que le bénisseur a moins de succès que le décourageur, son antipode.

Comme on sait qu'il décerne des éloges à tout le monde, on finit par le dédaigner. Et puis on lui en veut plus des applaudissements qu'il a colportés chez le voisin qu'on ne lui est reconnaissant de ceux dont il vous accable.

Le décourageur, au contraire, se fait craindre. Excellent moyen. De même qu'un rayon de soleil, même blafard, paraît enchanteur dans un pays de brumes, de même le moindre mot aimable ravit, dans la bouche de celui qui n'a d'ordinaire que sarcasmes et boutades.

Si avec l'autre *ça y est* toujours, avec celui-ci *ça n'y est jamais.*

Il fronce le sourcil dès qu'il jette un coup d'œil sur une toile :

— Ça ne me satisfait pas... Vous me permettez d'être franc, n'est-ce pas ?

— Comment donc !

— Vos personnages ne sont pas à leur place.

— Il me semble cependant que...

— Comment, vous avez mis deux tons pareils à côté l'un de l'autre !

Et toute une kyrielle de commentaires hostiles. Mais aussi, lorsque par hasard une petite phrase d'approbation relative échappe à ce *tombeur,* que le miel semble doux, n'y en eût-il qu'une goutte, après tant d'absinthe !

Un habile, je vous le garantis, que le décourageur. Se faire craindre est plus difficile que se faire aimer.

Mais attention !...

L'heure de la grande solennité a sonné !

Solennité dont l'attrait semble grandir,

d'année en année, avec notre passion pour les primeurs.

Les premières représentations, en effet, ne suffisent plus à notre avidité de choses précoces. Il nous faut les répétitions générales. Bientôt, si cela continue, les gourmets demanderont à assister à la lecture même de la pièce !

Or, la répétition générale d'un Salon de peinture c'est le *jour du vernissage.*

Date mémorable qui met en branle tout le monde pictural et sculptural, sans compter bien 'd'autres mondes. Car cette fête, qui avait jadis un caractère intime, est devenue publique, à peu près aussi publique que l'inauguration elle-même.

Il y a seulement une pointe d'intimité et de débraillé en plus. Ce qui pimente le plaisir.

On est dans la coulisse de l'art. On voit opérer, eux-mêmes, les artistes qui donnent la dernière caresse à leur œuvre. Le baiser du vernis !

C'est, en vérité, un salmigondis étrange.

Ici, allant, venant, courant d'une salle à une autre, les maîtres du logis, c'est-à-dire les

sculpteurs et les peintres, qui se font mutuellement les honneurs de leurs produits.

Spectacle curieux s'il en fut !

Comme on se passe la rhubarbe! comme on
se repasse le séné !

— Bravo, mon cher, votre envoi est superbe !

— Et le vôtre donc !

Puis, deux pas plus loin, dans un groupe, les
mêmes interlocuteurs disent :

— Avez-vous vu le paysage de ce pauvre X...?
Quel four !

— Avez-vous vu la marine de ce malheureux
Z...? Quelle dégringolade !

Si la sincérité était bannie du reste de la
terre, je ne lui conseillerais pas d'aller chercher
un refuge au palais de l'Industrie, le jour du
vernissage.

C'est là cependant que se fait, dès ce premier
jour et avant le lever du rideau, la vraie cote du
succès.

Lorsque le véritable public arrive le lendemain, il ne se doute pas qu'on a déjà escompté
ses impressions et décidé quelles étaient les
toiles qu'il devait admirer... et qu'il admirera

en mouton de Panurge qu'il est, fut et sera toujours.

Les critiques, comme de raison, viennent, le
jour du vernissage, prendre un à-compte. On les
rencontre dans les coins griffonnant un bout de
note, pour avancer la besogne... ou faire leur
petit effet sur le badaud qui les contemple, sur
le rapin qui les redoute.

Critiques terribles et choyés! C'est à qui s'in-
sinuera, à qui les prendra par le bras pour les
conduire devant le morceau pour lequel on
espère un bon article de Tolède!

Les uns se laissent faire avec résignation; les
autres officient pontificalement; les autres encore
opèrent à la bonne franquette et à la bonne
humeur.

Il y en a pour tous les goûts.

C'est là encore que se fabriquent les mots qui
courent le monde et les gazettes.

Mais l'exhibition (c'est son attrait principal)
a lieu en partie double le jour du vernissage.

Comme pour forcer la consigne (une bonne
fille qui se laisse de plus en plus facilement
violer, d'ailleurs), comme pour forcer la consi-

gne, il faut être quelqu'un ou quelqu'une, il s'ensuit que c'est à qui viendra pour voir et être vu surtout.

Le tout Paris privilégié est là.

Femmes du monde et comédiennes s'y coudoient et s'y observent avec des jalousies réciproques, sans compter un petit appoint de demi-mondaines qui... Chut!... Ne le dites pas. On chercherait par qui elles ont été introduites, et les protecteurs qui ont fait de leurs hautes influences ce scabreux usage pourraient ne pas être satisfaits du résultat des investigations.

Or, cette quasi-solennité coïncide presque toujours avec une séance des courses de printemps. Tant pis pour les courses. Il faut qu'elles se résignent à perdre une partie de leur clientèle.

Les jockeys, une fois par hasard, cèdent le pas au talent.

Ou plutôt, en allant aux courses, on donnera un coup d'œil rapide aux galeries. Messieurs les artistes, à politesse, politesse et demie, vous aurez la virginité des toilettes, qu'on ira ensuite montrer sur le turf.

Gare à vos échelles! N'allez pas faire d'accrocs aux traînes des jolies visiteuses! N'allez pas laisser passer le pinceau à vernis sur le joli petit nez de Mlle Loulou... Un visage qui vous ferait une concurrence redoutable si l'on donnait des médailles à ce genre spécial de peinture.

LE

REPRÉSENTANT DE SA FEMME

I vous allez jamais dans le département de *** et que vous y prononciez le nom de M. Verdavin, votre interlocuteur, quel qu'il soit, s'écriera aussitôt :

— Verdavin !... Jamais je n'ai vu un homme aussi ambitieux ! un intrigant de pareille force !

La phrase est devenue proverbiale en quelque sorte. Elle revient comme un refrain dans toutes les conversations. Satané Verdavin !

Maintenant que la *vox populi*, *vox Dei* a prononcé, je vais avoir l'honneur de vous présenter le vrai Verdavin, pour que vous le compariez avec le Verdavin de la légende.

Né de parents honnêtes et non pauvres, Amédée (c'est son petit nom) n'eut, dès son entrée en ce monde, qu'un but : vivre tranquillement en mangeant les trente mille livres de rentes que papa et maman lui avaient léguées.

A cet effet, il disposa, dès le principe, son existence de façon à ce que rien n'en pût troubler la parfaite quiétude. Jolie maison à la campagne et à la ville, le cercle l'hiver, la pêche l'été, un peu de chasse l'automne, au printemps un petit voyage à Paris. C'était charmant.

Pourtant Amédée s'aperçut qu'il y avait une lacune dans son programme. Il lui restait encore trop à faire. Il lui fallait s'occuper de ses comptes et faire acte d'administrateur. Comment se débarrasser de cette besogne qui pesait à sa paresse et à son besoin de placidité ? Il s'avisa de prendre femme.

Le malheureux ! Il ne se doutait pas de ce qui l'attendait.

Celle qu'il avait choisie était une jeune fille aux apparences ingénues, mais en même temps pleine de résolution, ce qui avait charmé Verdavin.

Il s'était dit qu'elle aurait de la volonté pour lui, ce qui le dispenserait de faire le moindre effort de ce côté.

Vous allez voir comment la chose tourna.

Il y avait six mois, pas plus, que le nouveau ménage dégustait le miel de sa première lune, quand un matin madame demanda monsieur, qui s'empressa d'accourir.

Il tenait à la main des hameçons qu'il était en train d'ajuster à des lignes toutes neuves.

— Tu as à me parler, chère amie ?

— Amédée, veuillez m'écouter. Depuis six mois, j'étudie votre caractère, je scrute vos aptitudes, car vous comprenez bien qu'un homme de votre âge ne peut être oisif.

— Comment ! Il me semble que mon temps est suffisamment employé. Aujourd'hui encore, je compte te rapporter une friture...

— Je ne plaisante pas.

— Moi non plus.

— Monsieur, je vous en prie, prêtez-moi la plus sérieuse attention. Après avoir cherché, ainsi que je vous le disais, je crois avoir trouvé ce qui vous convient.

— Mais je t'assure que je...

— De nos jours, monsieur, il n'y a qu'une chose qui mène à tout, la politique.

— Jamais je ne m'en suis occupé, et Dieu merci...

— Vous allez commencer alors.

— Moi !

— Il y a dans trois semaines des élections partielles dans notre département. Je vais... Vous allez poser votre candidature.

— Mais, mon amie, tu n'y penses pas.

— Je ne pense qu'à cela au contraire. J'ai même préparé une profession de foi.

— Par exemple !

— Croyez-vous qu'il soit flatteur d'être inconnue dans son département ? La province ne fait pas les réputations, mais elle fait des députés. J'entends que l'on dise de moi, quand je passe : « Vous voyez bien cette dame en robe de soie bruhe, c'est la femme de notre représentant. »

— Louise, vous voulez plaisanter. Il est im-. possible que...

— Voici, monsieur, ce que vous allez dire aux électeurs.

Et elle lut :

« Chers concitoyens,

« A l'heure où le salut du pays réclame le concours de tous les hommes de bonne volonté, je crois de mon devoir de solliciter l'honneur de combattre sur le champ de bataille parlementaire pour la régénération de notre patrie. Ce que je veux, vous le voulez tous : l'ordre dans la liberté, la liberté dans l'ordre. La liberté sans l'ordre engendre le despotisme. Chers concitoyens.....

Il y en avait trois pages comme cela.

Le lendemain même commençait pour l'infortuné Verdavin une vie dont il me serait difficile de vous retracer les horreurs. Lui, l'ami du calme, lui qui fuyait les émotions !

Quelques échantillons au hasard.

Madame lui dit :

— Amédée, j'ai dressé la liste des notables de chaque commune ; nous irons voir les principaux, vous écrirez aux autres.

— Mais je ne puis.

— Vous prendrez des secrétaires. Nous partons dans une heure pour cette tournée indispensable.

Durant quinze jours, on ne rencontra sur les routes, dans les chemins de fer, dans les carrioles, sous l'averse qui le transperçait, sous le soleil qui le dévorait, que Verdavin, le candidat malgré lui. Madame lui traçait le matin son itinéraire, et le soir il fallait qu'il rapportât des témoignages de sa présence dans les différents endroits indiqués.

Total une bronchite, tout ce qu'il y a de plus capillaire, trois insolations, un rhumatisme, plus une gastrite contractée en trinquant à la prospérité de la France.

— Louise, je t'en supplie, gémissait-il éperdu, je sens que je ne suis pas...

— Demain, répondait-elle impassible, vous ferez les quarante-sept communes que voici.

Et la rumeur publique de répéter :

— Quel ambitieux que ce Verdavin ! on n'en a jamais vu pareil.

— Amédée, fit-elle, votre profession de foi n'a pas été assez répandue. Je viens d'en faire tirer cent soixante mille exemplaires.

— Mais, mon amie, l'impression est ruineuse, j'ai déjà payé une note de...

— Il faut aussi faire parler de vous par des actes de générosité. Je me fais envoyer de Paris six orgues-harmoniums que nous donnerons à des églises.

— Six orgues !

— Douze pompes à incendie les accompagnent. Jugez de la reconnaissance des pauvres villages.

— Je ne puis pourtant pas me mettre sur la paille pour acheter des pompes.

— Comptez-vous pour rien la gloire d'être un homme d'État ? D'ailleurs la politique vous rendra au centuple ces dépenses.

— Quel homme que ce Verdavin ! continuait à dire l'opinion, sa fortune entière y passera.

Un jour, c'était une semaine avant le vote,

madame vint réveiller dès l'aurore Verdavin qui reposait.

Il était revenu á deux heures du matin de sa cent trente-deuxième tournée.

— Amédée, réveillez-vous.

— Qu'y a-t-il?

— Il y a qu'on foule aux pieds l'honneur de notre nom, qu'il faut que vous en tiriez vengeance.

— Quelle est cette nouvelle tuile? gémit le malheureux.

— Lisez.

Elle lui tendait un journal dont l'article débutait ainsi :

« Il serait temps d'en finir avec l'impudence éhontée de ce charlatan qui, comme un arracheur de dents, dont il a d'ailleurs la véracité, parcourt nos rues et nos places en Mangin politique qu'il est. Le sieur Verdavin, intrigant de bas étage, cherche vainement à dissimuler ses instincts démagogiques. Il demande la liberté. Chacun sait ce que ce mot veut dire ; on s'embusque derrière lui pour attirer dans un guet-apens la propriété, la famille et la religion. Le

sieur Verdavin, acheteur de votes, coureur de
cabarets, n'est qu'un méchant drôle qui n'a
même pas le courage de ses opinions subver-
sives. »

Elle lui tendit un second journal; on y lisait :

. « A bas les masques! Notre département si
intelligent ne se laissera pas berner par un tar-
tuffe de carrefour. Le candidat Verdavin,
homme politique à deux fins, nullité parfaite,
prétend revendiquer l'ordre. C'est sous cette étiquette qu'on présente aux populations naïves le
despotisme. L'odieux personnage est évidemment subventionné pour porter le trouble dans
nos scrutins. Balayons ce vaniteux imbécile... »

Verdavin recevait le lendemain un coup d'é-
pée légitimiste dans le bras droit, et le surlendemain un coup d'épée libéral dans le bras
gauche.

Enfin le vote arriva.

Verdavin avait fait ses comptes. Ses nom-
breuses maladies l'avaient métamorphosé en invalide; les trois quarts de son avoir y avaient
passé. Il avait ses deux bras en écharpe.

Mais le préfet proclamait le soir : Élu, M. Verdavin, 23,672 voix !

Il faisait à la fin de la semaine son entrée à la Chambre. Madame était dans une tribune. Il avait choisi sa place dès le matin, au centre. L'ordre dans la liberté !

Il arriva au milieu de la séance pour ne pas trop se faire remarquer.

Justement on achevait un vote par assis et levé. Et le président prenant la parole : Considérant qu'elle est entachée de manœuvres frauduleuses, l'Assemblée invalide l'élection de M. Verdavin.

Il s'évanouit.

Épilogue : Mme Verdavin vient d'introduire une demande en séparation de corps et de biens en même temps que d'interdiction.

La demande se base sur ce que le nommé Amédée Verdavin est possédé de la monomanie des grandeurs.

Et le public de redire :

— Pauvre petite femme ! elle a bien raison, ce pas grand'chose-là l'a mise sur la paille avec ses idées d'ambition.

LA DOUBLE VUE.

J'ACHEVAIS de lire le procès de la dernière somnambule traduite devant la police correctionnelle.

Et comme je terminais, je me pris à songer que ce serait en vérité une bien précieuse faculté pour l'homme qui en serait doué exceptionnellement, que cette seconde vue dont on a si souvent parlé, mais qui malheureusement est restée jusqu'ici à l'état d'hypothèse fantastique.

J'avais à peine ébauché ce commentaire mental que ma porte s'ouvrit et que je vis entrer chez moi un inconnu aux étranges allures.

C'était trait pour trait le personnage décrit jadis par Frédéric Soulié dans son prologue des *Mémoires du diable*. Même figure sardonique, même regard sarcastique.

Comme dans les *Mémoires du diable* aussi, mon bizarre visiteur s'assit sans même attendre que je lui eusse offert un siège, prit nonchalamment dans ses doigts crochus un charbon ardent emprunté au feu de la cheminée, et, ayant allumé son cigare :

— Pardonnez-moi, cher monsieur, cette entrée sans cérémonie, mais je n'en fais jamais d'autres.

Tout à l'heure, je flânais dans les environs, et, mon regard ayant par hasard traversé les murailles de la maison que vous habitez, je vous ai surpris en train de vous formuler à vous-même un regret et un désir.

— Que signifie cela ? balbutiai-je un peu troublé. Auriez-vous la prétention de me faire croire que vous êtes...

— Astaroth, Satan, Belzébuth... le nom ne fait rien à la chose. Ce qui doit vous importer, c'est que cette double vue, après laquelle vous

m'avez fait l'effet de soupirer il n'y a qu'un instant, je suis à même de vous la donner.

— Vous?

— Moi.

— Je serais curieux, par exemple...

— Prenez garde, je vous préviens que ce n'est
pas un cadeau bien brillant que je vais vous
faire là!

— Vous plaisantez ! Pouvoir déchiffrer la
pensée à travers les crânes, défier tous les secrets,
soulever tous les voiles ! Si la nature ne nous
avait pas faits aussi misérables et aussi impuis-
sants que nous sommes, est-ce qu'elle n'aurait
pas dû nous donner à tous ce pouvoir indispensable, est-ce que...

— Vous le voulez, c'est bien entendu, je n'insiste pas; que votre souhait s'accomplisse.

. . . .

Mon inconnu avait à peine achevé cette
phrase, qu'une révolution sembla s'opérer aussitôt en moi. Mes yeux n'étaient plus cet organe
borné que je m'étais connu jusqu'à présent. Ils
traversaient l'espace. Ils franchissaient tous les
obstacles. Il me semblait que le monde en-

tier défilait autour de moi comme un panorama.

Et, emporté par mon enthousiasme :

— Mais c'est admirable ! m'écriai-je. Mais c'est sublime, mais...

Ma phrase fut interrompue par l'entrée de mon domestique qui, affable et souriant :

— Monsieur, voici le compte du mois. Si monsieur veut y jeter un regard... J'ai suivi ses prescriptions, et je suis heureux de constater que j'ai pu réaliser une économie notable sur les dépenses que faisait le domestique qui m'a précédé. J'espère que...

Mes yeux, tandis qu'il parlait, étaient allés alternativement de la note qu'il me montrait à son visage. Sous les chiffres du compte m'apparurent aussitôt les chiffres vrais, et je pus me convaincre que j'étais volé d'un bon tiers. Je lisais en même temps à livre ouvert dans sa pensée :

— Imbécile ! je t'amadoue. J'ai volé un peu moins que l'autre pour le premier mois, et comme tu es habitué à être dupé, tu vas me prendre pour un honnête homme. Triple niais ! ça se croit plus malin que nous et ça nous mé-

prise parce que nous n'avons pas d'instruction.
Nous en savons toujours assez pour vous fourrer
dedans.

Je n'éprouvai pas le besoin d'en déchiffrer davantage, et d'une voix tonnante :

— Voilà vos huit jours, et faites-moi le plaisir
de déguerpir aussitôt, escroc que vous êtes !

— Et parbleu ! qu'as-tu donc ? D'où te vient
donc cette mine renversée ? Sur quelle herbe as-
tu donc marché ce matin ?

C'était mon ami Paul qui survenait peu d'instants après l'exécution à laquelle j'avais procédé.

Mon ami Paul, la crème des amis, un Pylade !

— Figure-toi, mon cher, que je viens de
chasser ce misérable Joseph !

— Il t'a joué quelque tour de sa façon ? Cela ne
m'étonne pas ; le meilleur n'en vaut rien. Mais
parlons de choses plus sérieuses. J'ai rencontré
hier le ministre dans le salon de la comtesse de
B... Il m'a beaucoup parlé de toi. Tes tableaux
lui plaisent. Juge si j'ai appuyé. Tu seras décoré au prochain Salon. Et je puis dire, sans me
vanter, que j'y aurai...

Je regardai mon ami Paul dans le blanc des

yeux, et pendant que les paroles se pressaient
sur ses lèvres, je lisais à travers ses prunelles :

—Tu sais, mon bonhomme, que charité bien
ordonnée commence par soi-même ; je me suis
fait présenter au ministre et appuyer auprès de
lui pour cette place que je convoite. Quant à ta
décoration, du diable si j'ai seulement eu envie
de m'en mêler. Tu ne la mérites pas tant que cela
d'ailleurs, et tu peux bien attendre, mon garçon.

Cependant il pérorait toujours !

— Non, c'est indigne, m'écriai-je tout à coup,
on ne ment pas avec cette impudence.

— Que signifie?...

— Que tu es un fourbe, que j'ai été stupide
d'avoir jamais la moindre confiance en toi, et
que tu vas me faire le plaisir de dégringoler
l'escalier quatre à quatre.

— Monsieur, vous êtes un insolent, et mes
témoins seront chez vous ce soir.

Il venait à peine de sortir, qu'on carillonnait :

— Qu'est-ce encore? Diable ! ce riche amateur
qui doit m'acheter mes deux derniers tableaux...
Monsieur le baron, donnez-vous donc la peine...

Le baron pénétra, et le lorgnon à la main :

— Délicieuses ces deux toiles, tout à fait délicieuses ; voilà la peinture que j'aime. Non, sans
compliment, c'est tout à fait remarquable.

Cependant la satanée double vue lisait :

— Moi, je trouve cela affreux. Mais tu es à la
mode, mon garçon, et comme je n'ai une galerie
que pour la pose, je t'y fais figurer. D'ailleurs
tu es coté, et je te revendrai probablement avec
bénéfice, en ayant soin de me dépêcher, car ta
renommée ne durera guère. Tu es trop surfait.
Avant dix ans, on ne vendra plus tes croûtes.

— Eh bien ! Quel est votre dernier prix, mon
ami? fit le baron en terminant son petit discours.

— Aucun. Je ne vends pas à des idiots de votre
espèce. Je ne suis pas un épicier qui négocie de
la cannelle. Je ne veux pas seulement qu'on
achète ma peinture, mais qu'on l'apprécie. Allez
à tous les diables.

— Vous êtes un rustre ou un fou, monsieur.
Je vais conter l'aventure à tous mes amis, et si
vous revoyez le bout d'une commande, j'y perds
mon nom.

Je suffoquais. J'avais besoin d'air et aussi de
consolation.

Quatre à quatre, je descendis derrière le stupide baron. Allons chez elle, pensais-je. Sa vue me fera du bien.

Elle, c'était une adorable créature, une jeune fille idéale à laquelle j'étais fiancé. On n'attendait plus que les formalités pour le mariage.

J'entrai. Elle me reçut avec son sourire angélique.

— Que c'est aimable de me faire cette surprise! Je ne vous espérais pas dans la journée.

— Chère Berthe!

— Mais nous parlions de vous avec ma mère. Est-ce qu'on peut vous oublier?

Abomination! la double vue lisait :

— Maman m'expliquait encore tout à l'heure que ce mariage était une excellente affaire. J'ai compris. Vous me déplaisez horriblement; je vous trouve trop vieux pour moi, fat, gauche et désagréable. Mais nous sommes cinq filles dans la famille. D'ailleurs on trouve des consolateurs plus tard. Assurons-nous d'abord des rentes...

— Berthe! exclamai-je d'une voix étranglée par la colère; c'est une infamie! Cherchez ailleurs une dupe : vous ne me reverrez jamais.

Après avoir couru à l'aventure comme un fou, je me retrouvai, je ne sais comment, dans mon fauteuil, au coin de mon feu.

Je pleurais à chaudes larmes.

Un doigt se plaça sur mon épaule : c'était l'inconnu du matin.

— Je te l'avais dit que ton souhait était insensé.

— C'est vous ! Maudit soit votre présent funeste. Me voilà tout seul. J'ai perdu en une journée mon meilleur ami, celle que j'aimais, ma clientèle ; je n'ai pas même un domestique sur qui user ma colère. Tout cela par la faute de cette infernale seconde vue dont...

— C'est vous qui l'avez demandée, mon cher.

— Je n'étais qu'un imbécile.

-- Je ne dis pas le contraire.

— Impertinent ! Vous m'en rendrez raison.

— Après que vous vous serez coupé la gorge avec l'ami Paul.

— C'est vrai, je l'oubliais. C'est encore une des félicités que je vous dois. Triple brute que je fus de prétendre raturer la nature ! Mais je veux me venger sur vous, tout au moins, et vous allez...

Ce disant, j'avais bondi sur la pincette. Je la brandis, et....

Et je me réveillai en sursaut.

Tout cela n'était qu'un affreux cauchemar causé par le procès de la somnambule.

La *Gazette des Tribunaux* était tombée à mes pieds pendant mon sommeil. Je n'avais perdu ni ma fiancée ni mon ami ; j'étais toujours le peintre à la mode. Mon domestique, plus obséquieux que jamais, m'annonça que mon déjeuner était servi.

J'avais gardé enfin cette précieuse ignorance sans laquelle la vie serait impossible. Et je passai dans la salle à manger en fredonnant, sur l'air de *Galathée :*

Ah ! qu'il est doux de ne rien voir.

MONSIEUR ZÉRO

I

A conversation était tombée sur les destinées humaines.

Thème sans cesse varié et sans cesse nouveau.

Un des causeurs soutenait que toute existence a ici-bas son utilité, que tout homme a, à un moment donné, sa raison d'être.

— Eh bien ! moi, intervint un des assistants, je vous affirme avoir connu un garçon dont la vie donne un éclatant démenti à ce que vous prétendez démontrer là. Et, si vous le permettez, je vous le dirai en quelques mots.

— Parlez! parlez!

II

L'intervenant fit une pause légère.

Puis reprenant :

— Le pauvre diable dont j'évoque le souvenir, et que ceux qui l'ont connu avaient surnommé *monsieur Zéro*, s'appelait Durand de son vrai nom.

Durand!... Premier effacement. Durand! c'est-à-dire une de ces appellations omnibus qui vous noient dans la masse.

Durand, ou monsieur Zéro, était mon camarade au collége.

C'était un tempérament indécis; tellement indécis, que lorsqu'on avait demandé au médecin s'il serait sanguin, nerveux ou lymphatique, le médecin n'avait pu répondre que :

— Heu! heu!... Ma foi!...

III

Au collége, Zéro-Durand n'était ni un cancre déterminé, ni un écolier piocheur.

Noyé dans la moyenne des indifférents, il n'avait jamais attiré l'attention du professeur.

A ce point qu'un jour, celui-ci regardant soudain par hasard dans le coin sombre où Durand-Zéro était blotti, fit avec conviction :

— Il y a donc un nouveau, aujourd'hui ?... Comment vous appelez-vous, mon ami ?

Et Durand-Zéro était là depuis huit mois et demi !

IV

Au sortir des bancs, son ambition fut de prendre place dans les rangs trop pressés, hélas ! de notre chère bureaucratie.

Il y resta cinq ans.

Cinq ans, sans pouvoir devenir autre chose que surnuméraire.

Il était dit qu'il ne compterait jamais en cette vie.

De dépit, il se tourna vers la littérature.

Un concours était ouvert par une académie.

Il y prit part.

Le rapport du secrétaire s'exprime ainsi :

« Cinq concurrents se sont présentés. Nous commençâmes par écarter, *a priori*, le numéro 3, dont l'insignifiance absolue ne méritait vraiment pas un examen plus approfondi. »

Le manuscrit en question était celui de Durand-Zéro.

V

Il tâta du théâtre.

Et pieusement s'en fut déposer à l'Odéon une comédie en un acte.

Elle lui fut retournée avec cette note de l'administration :

« Par la nullité du sujet et du dialogue, cet acte échappe à la critique aussi bien qu'à l'éloge.

« Nous n'avons à y relever ni qualités ni défauts.

« C'est sa condamnation formelle.. »
Pauvre Durand !

VI

Il résolut d'essayer de la Bourse.

Terrain périlleux pour tout autre.

Pour lui, il n'y eut pas même ce péril-là.

Pendant un mois, il spécula sur diverses valeurs.

Lorsqu'il alla chez son agent régler son compte, il se trouva qu'il avait gagné 4,253 francs 25 centimes sur les Gaz.

Mais il avait perdu 4,253 francs 25 centimes sur les Chemins autrichiens, affectés par une baisse subite.

Déduction faite des droits et courtage, son bordereau se régla ainsi :

DIFFÉRENCE : 0,00.

C'était écrit.

VII

Il se maria un beau jour, l'infortuné Durand!

Toutes les femmes qui l'avaient vu avaient formulé sur son physique cette opinion unanime :

— C'est un de ces hommes dont on ne dit rien.

Celle qu'il épousa répondait au même signalement.

Mais au moral une vraie gaillarde.

Aussi, comme elle vous mit le grappin dessus !

Et de quel ton elle vous traîtait le malheureux humilié.

Lui proposait-on quelque chose, elle décidait d'abord. Et si ensuite on lui parlait de consulter son mari :

— Mon mari? faisait-elle avec un haussement d'épaules cruellement significatif... *Est-ce qu'il compte?*

Elle avait raison. Les zéros, ça ne compte pas !

VIII

Le rêve de Durand était d'avoir un enfant.
Une année se passa.

Puis une autre.

Puis une troisième.

Rien.

Il s'en alla chez un prince de la science conter son cas et sa déception.

Le prince de la science lui posa diverses questions. Et comme Durand gémissait :

— Peut-être ma femme est-elle stérile ?

— Non, mon garçon, dit-il... C'est vous, parce que...

Et il lui déduisit les motifs physiologiques de cette impitoyable affirmation.

IX

Quel coup de foudre !

Durand était désillusionné, consterné, découragé.

Justement c'était l'heure où commençait la cruelle guerre de 1870.

Il s'enrôla dans une compagnie de francs-tireurs.

Huit jours après, le capitaine de la compagnie

adressait au général duquel il relevait le rapport suivant :

« Mon général,

« Je suis heureux de vous apprendre que nous venons de débuter par un fait d'armes qui, j'ose l'espérer, nous vaudra votre approbation.

« Ayant été informé qu'un convoi de moutons ennemis devait passer à peu de distance, je m'embusquai à la chute du jour avec ma compagnie.

« Au moment où le convoi parut, accompagné d'une escorte de Bavarois, je m'élançai à la tête de mes hommes.

« Les Bavarois, surpris, furent en proie à une panique.

« Après une courte résistance, ils rebroussèrent chemin, laissant trente-deux têtes de bétail entre nos mains.

« J'ai le bonheur d'ajouter que nos pertes ont été absolument insignifiantes. Un seul homme a été tué... »

Est-il besoin, messieurs, conclut le narrateur,

est-il be̦oin d'ajouter que l'homme tué, qui représentait *une perte absolument insignifiante*, c'était notre Durand-Zéro, le prédestiné.

Ah! j'oubliais un détail :

Son corps, n'ayant jamais été retrouvé, il n'y a pas même en ce monde une pierre ou une croix attestant que monsieur Zéro a traversé cette vie.

Donc, la démonstration est complète.

D'autant plus complète que sa veuve, remariée depuis longtemps, ne porte même plus son nom.

J'ai dit.

CORRESPONDANCE

DE DEUX COLLÉGIENS

ALBERT GRIMBLOT A PAUL LANGET

« Pontoise, 12 août.

ON CHER PAUL,

« Je t'ai promis de te tenir au courant de tout ce qui m'arriverait pendant mes vacances.

« Je commence.

« Après la distribution des prix, papa m'a emmené en me disant qu'il avait loué exprès pour moi, à Pontoise, une maison au bord de l'eau.

« Il ne faut pas qu'il me la fasse, papa. On la connaît.

« Sous prétexte de me faire plaisir, il flatte sa manie, qui est la pêche à la ligne.

« Tous les jours où il n'ira pas à son usine, il va falloir que je l'escorte à la pêche en tenant la boîte aux asticots. En voilà du bonheur !

« Pontoise !... Passer ses vacances dans cette sous-préfecture déplorable, qui a l'air d'un pain de sucre le long duquel on aurait tracé des rues.

« Moi qui espérais que nous resterions à Paris et qui avais déjà fait mon programme sur un reste de cahier des corrigés !

« Quel programme !

« Je comptais aller au Skating d'abord. Il paraît qu'il y a là, mon cher, des femmes d'un *chic!...*

« Ensuite, je voulais me payer les *Cloches de Corneville.* J'ai lu dans un journal que j'avais introduit au lycée, sans que le pion s'en aperçût, les paroles d'un couplet, d'un tapé !

« Il s'agissait d'un corset dans lequel on jetait des pommes... Tu comprends l'allusion.

« Ça doit être d'un rigolo !

« Je m'étais aussi promis d'aller au Cirque, voir Mlle Cabriola, la fureur des gommeux, mon cher. Il paraît qu'il n'est pas permis d'avoir de plus jolies jambes, quand elle se balance sur un fil de fer qui...

« Tiens ! J'en pleurerais !...

« Au lieu de cela, Pontoise... La patrie des veaux. Pontoise forcé à perpétuité !

« Et la boîte aux asticots de papa !

« En v'là de l'agrément... Pour un rien, je demanderais à retourner au collége.

« Ecris-moi pour me dire si tu es mieux partagé.

« Je t'adresse, comme c'est convenu, ma lettre au nom du *vicomte de Lestange, poste restante.*

« Envoie ta réponse, même moyen, aux initiales XYZ.

« ALBERT. »

PAUL LANGET A ALBERT GRIMBLOT

« Luchon, 15 août.

« Mon pauvre Albert,

« Tu sais que ta lettre m'a fait une peine !

5

« Comment! c'est à notre âge, quand nous sommes en seconde, première division, c'est-à-dire à la veille de passer en rhétorique, que ton père t'inflige des vacances pareilles?

« Tu sais... je n'ai pas de conseil à te donner... Mais à ta place...

« Moi, mon cher, je mène ici une existence semée de roses.

« Si tu voyais ça... des cavalcades, des promenades, des baignades...

« Et libre comme l'air.

« Papa prend deux douches par jour pour ses rhumatismes. Il s'arrange pour qu'elles durent trois heures chacune.

« Tu sais, maman avale ça..., mais moi pas si bête.

« Il doit y avoir quelque part à Luchon une petite cocotte chez qui.../on le connaît, papa... J'ai entendu causer les domestiques sur son compte.

« Hier, je suis allé au Portillon.

« C'est un endroit où l'on a établi une maison de jeu sous un hangar.

« Si tu voyais ça, mon pauvre Paul!

« De l'or et des billets de banque plein les tables. Autour des femmes!... Ah! mon cher!

« Il y en a une qui était à côté de moi... une blonde jaune... Tu sais, la couleur chic...

« A un moment, elle m'a dit, avec un coup d'œil...

« — Mettez donc vingt francs pour moi sur la rouge.

« Hum! vingt francs! c'est tout ce que papa me donne pour un mois.

« Enfin... j'ai tiré mon louis. Elle a gagné... Elle a pris les quarante francs en me disant merci avec un autre coup d'œil.

« Ah! mon cher Paul, si cette femme le voulait, elle me mènerait au bout du monde...

« Mais c'est l'heure de la poste.

« Je t'envoie ce griffonnage en attendant une réponse.

« Ton vieux,

« PAUL. »

ALBERT GRIMBLOT A PAUL LANGET

« Pontoise, 18 août.

« J'avais tort de calomnier Pontoise..

« J'y ai trouvé, mon cher Paul, un ange de candeur et de beauté.

« C'est la demoiselle de boutique d'un pâtissier de la grande rue.

« La renommée de la brioche !

« Papa, qui est porté sur sa bouche, m'avait envoyé en commander une.

« C'est à elle, à l'ange, que je me suis adressé.

« — De quel prix vous la faut-il, monsieur m'a-t-elle demandé.

« Ce n'est rien, ces mots-là ; mais c'est sa voix qui en faisait la musique.

« Et son regard... Je ne prétends pas, mon cher, humilier ta blonde. Toutefois, je la défie de soutenir la concurrence.

« Elle me connaît bien à présent, va !

« Je consomme chez elle pour trois francs de gâteaux par jour.

« Et nous causons.

« Elle me parle pâtisserie... Je l'écoute comme dans un rêve.

« Hier, j'ai serré le bout de ses doigts, quand elle m'a rendu ma monnaie.

« Elle a rougi la première.

« Je l'aime.

« Crois-moi,

« Ton ALBERT. »

PAUL LANGET A ALBERT GRIMBLOT

« Luchon, 21 août.

« Patatras !

« Ah ! mon cher...

« Tu sais bien la blonde !

« J'ai continué à la suivre dans Luchon.

« J'ai eu son adresse.

« Je me suis introduit chez elle et au moment où je tombais à ses genoux, la bonne accourt en criant :

« — Madame, c'est ce monsieur.

« Et c'est papa qui entre !!!

« Il m'a semblé que je jouais un drame de la Porte-Saint-Martin.

« Je rentre lundi. Papa, qui n'a pas voulu brusquer les choses à cause de maman, m'a donné ces jours de délai.

« Pincé !...

« C'est égal, il a bon goût, papa.

« Envoie-moi encore une lettre.

« A toi,

« PAUL. »

ALBERT GRIMBLOT A PAUL LANGET

« Pontoise, 24 août.

« Mon ami,

« Figure-toi que les gâteaux ça allait d'un train.

« J'ai chipé quarante francs à maman.

« C'est ce qui m'a perdu.

« Me sentant tant d'argent, j'ai consommé d'un coup pour huit francs de babas.

« C'était afin de rester plus longtemps près d'elle.

« En rentrant, j'ai été pris d'une indigestion..., mais d'une indigestion...

« Pendant que j'étais malade, on a fouillé mes poches...

« On a trouvé l'argent !...

« Bref, papa me reconduit lundi au lycée...

« Et j'ai appris (c'est le comble) que ma petite pâtissière a filé avec un calicot qu'elle avait trouvé au Casino d'Enghien..

« Oh ! l'amour !!...

« Nous nous vengerons, n'est-ce pas ?

« A toi,

« ALBERT. »

UNE HISTOIRE

EN PARTIE DOUBLE

I

'AI beaucoup connu un chien.

Il s'appelait Bichon.

C'était le chien d'une vieille dame, veuve d'un banquier millionnaire.

Elle n'avait pas d'autre tendresse, cette dame.

Je doute d'ailleurs que, même du vivant de son défunt époux, elle professât pour lui une af-

fection pareille à celle qu'elle avait vouée au tou-
tou de son cœur.

J'ai beaucoup connu un chien.

Il s'appelait Bichon.

J'ai beaucoup connu un brave et vaillant
homme.

Il s'appelait Jacques.

Il était poète.

En voilà, n'est-ce pas, une profession !

Est-ce qu'on est poète ?

C'était pourtant un vrai cœur d'or que Jacques,
un de ces infatigables architectes de châteaux en
Espagne qui traversent la vie comme on traverse un rêve.

C'était aussi un travailleur résolu. Rien de la
bohème bohémisante.

J'ai beaucoup connu un brave et vaillant
poète.

Il s'appelait Jacques.

II

Le chien était hargneux, quinteux, abomi-
nable,

Il vous happait au passage dès qu'il pouvait.

S'il ne pouvait pas, il vous montrait de loin ses crocs rageurs.

Et sa maîtresse de trouver exquises les furibonderies de son affreux roquet.

Le poéte était doux, patient, modeste et timide.

Incapable de médire de personne, secourable pour les faibles, bienveillant à tous.

Je vois encore son sourire dont la sérénité disait si bien une belle et bonne âme.

Pauvre Jacques !

III

Tous les jours, il fallait voir au bois M. Bichon se pavaner dans le landau de sa maîtresse.

Il fallait le voir toisant le monde d'un museau dédaigneux.

Quand il lui plaisait de mettre patte à terre, vite un grand laquais galonné se pressait pour recevoir dans ses bras l'enfant chéri.

Et le grand laquais galonné emboîtait le pas derrière le carlin, s'arrêtant respectueusement quand il plaisait à celui-ci de... s'arrêter.

On rencontrait Jacques cheminant dans Paris, sous la pluie, la bise ou le soleil.

Marche! marche!

C'était le Juif errant de l'espérance.

Il allait de théâtre en éditeur et d'éditeur en théâtre.

Marche! marche!

Le lendemain matin, malgré les déceptions de la veille, malgré une nuit passée à aligner des vers méconnus, il se remettait en route.

Je ne parle pas des avanies subies, des rebuffades rencontrées partout...

Les portiers eux-mêmes le repoussaient avec colère.

IV

Ah! le joli paletot qu'on avait fait broder pour Bichon.

Il était bleu. Il était rehaussé d'initiales.

Il était moelleux et chaud.

Ah! le joli paletot!

Comme il faisait bien sous ce douillet vêtement!

Comme les passants se retournaient pour admirer le chien de qualité.

Mon Dieu ! le joli paletot !

Un jour — c'était en plein mois de janvier — je rencontrai Jacques sur le quai.

Quinze degrés au-dessous de zéro !

Il avait sur le dos une vieille jaquette d'orléans élimée, trouée, navrante.

Juste assez pour être déshabillé, en ayant l'air d'être vêtu.

Et en passant il bouquinait...

Et en bouquinant il frissonnait, toussotait...

Cela faisait grandement pitié, je vous le jure.

Pitié... à qui ?

Personne ne prenait garde à cette sinistre misère, qui se faisait petite pour ne pas être remarquée.

V

Chaque jour, grave délibération pour rédiger le menu du repas de Bichon.

Il était si dégoûté, le pauvret ! Quelle pâtisserie nouvelle pourrait bien réveiller son appétit somnolent ?

Quelle friandise pourrait bien être agréée par son palais blasé?

Grave débat !

Sa maîtresse méditait sur ce sujet durant une heure.

Et le sucre, les bonbons, les gâteaux s'accumulaient devant le saturé qui n'y goûtait que du bout des dents.

Plusieurs fois par semaine, on entendait dire à Jacques :

— Ce n'est pas le jour où l'on mange. Ce sera pour demain... peut-être.

Oh ! oui, peut-être !

Et quand c'était le jour où l'on mange, quelle nourriture !

Les résidus sans nom des gargots interlopes.

Les débris hybrides des arlequins à vil prix.

Horrible ! horrible ! horrible !

VI

Il faut que tout ait une fin en ce monde.

Bichon mourut un beau matin d'une indigestion.

C'était écrit.

Quel deuil!... Sa maîtresse faillit le suivre au tombeau.

Parole d'honneur! Elle pleura de vraies larmes, comme elle n'en avait pas pleuré le jour où son mari le banquier rendit à Dieu son carnet d'échéance.

Et, dans le fond du jardin, on éleva, à la mémoire du carlin regretté, un monument orné d'une inscription.

Il faut que tout ait une fin en ce monde.

Un jour, Jacques le résigné sentit que la résignation a des bornes.

Il passait sur un pont.

Il sauta dessous.

Quand on le repêcha, il était mort.

M. le commissaire de police ouvrit une enquête, et quand on apprit que Jacques était

poète, le secrétaire de M. le commissaire proféra
ces mots :

— Poète !... quel métier de chien !...

. . . .

De chien !... Oh ! non !... je viens de vous
prouver le contraire.

LA CORDE TROP SENSIBLE

I

H! mais je ne me trompe pas !...
C'est bien toi !

— Moi-même.

— Et qu'as-tu donc? Pourquoi
ce bras en écharpe ?...

— Toute une histoire, mon cher.

Ces mots s'échangeaient, l'autre jour, sur le
boulevard Haussmann entre deux passants qui
se serraient cordialement la main.

— Toute une histoire, reprit le premier...
Diable! tu me mets l'eau à la bouche.

— Un duel.

— Oh! oh !... Mais alors il faut absolument
que tu me contes la chose.

— C'est que...

— Je l'exige, monsieur. Ne suis-je pas un de
vos plus vieux amis ? un ami de collége ?...

— Soit! Aussi bien, enclin comme tu l'es aux
galantes aventures, mon expérience pourra te
servir peut-être.

— Ah! c'est une aventure galante qui t'a
valu...

— Écoute et profite.

II

Ils entrèrent dans le square de la Chapelle ex-
piatoire.

Et tout en se promenant dans une allée côte à
côte, avec son ami le questionneur, Gaston commença ainsi sa narration :

— Mon cher ami, il faut se défier des notaires.

— Parce que ce sont eux qui signent les con-
trats ?

— D'abord... Ensuite, parce que les notaires ont parfois une jolie femme.

— Une pour toute la corporation?

— L'exception prouve la règle... Mais quand on tombe sur cette exception-là, mon ami, la rareté du fait vous tourne d'autant plus aisément la tête.

— Précise, s'il te plaît.

— Tel fut mon cas, mon cher... J'avais rencontré dans le monde un de ces officiers ministériels qui répondait au signalement qu'on se fait volontiers de la profession.

— Il avait des lunettes?

— Il en avait.

— Et une cravate blanche?

— Tu l'as dit.

— C'est dans l'ordre.

— Ce qui était moins normal, c'est que ce quinquagénaire était orné d'une femme adorable.

— Aïe!

— Ravissante.

— Diantre !

— Exquise.

— Peste !

— Avec laquelle je valsai et cotillonnai dans deux soirées consécutives.

— Le hasard faisait bien les choses.

— Avec ma collaboration.

— Déjà des rendez-vous !

— Pas tout à fait... Mais elle s'arrangeait toujours pour me faire savoir, en causant entre deux figures de quadrille, que le surlendemain... ou même le lendemain... elle était invitée au bal de...

— Elle est donc intelligente par-dessus le marché ?

— Ah ! mon ami !...

— Ce notaire était subversif.

— Absolument... Mais si tu ponctues chacune de mes phrases d'un commentaire, nous en aurons pour la demi-journée.

— Va !

— Pardon ! avant que je continue, allume-moi donc mon cigare, car, avec ce satané bras, je suis comme un manchot de profession.

— Voici.

III

— Ah! maintenant, je reprends le fil... Mon
notaire, à mesure que je cotillonnais plus souvent avec sa femme, me prenait davantage en
affection.

— Comme de raison, n'est-ce pas ?

— Qu'y pouvais-je faire ?

— Cotillonner avec la femme d'un autre pour
le rendre jaloux.

— Ma foi, je n'y ai pas pensé...

— Et tu as continué tes évolutions chorégra-
phiques ?

— J'ai continué... Tant et si bien, qu'à la fin
de l'hiver, j'avais été deux fois invité à dîner
par M⁰ X.

— Dont tu aspirais à devenir le collègue.

— Ah! mon ami, quels yeux! quels yeux!

— Le notaire?

— Mais non... Élodie... sa femme...

— Et quel corps!...

— Comment le sais-tu ?

— C'est ce que je t'allais dire.

— Bref, tu devins son amant?

— Albert !

— Dame ! ce coup d'épée...

— Permets que je ménage les transitions.

— Ménage.

IV

— L'hiver cependant avait fait place au printemps.

— C'est assez ordinairement ainsi que ça se
passe.

— Le printemps...

— A fait à son tour place à l'été depuis deux
jours....

— Non... Le printemps donne le signal de la
villégiature.

— Je l'ai entendu dire.

— Tu es insupportable... Or, mon cher, le
notaire de la femme de mes rêves est possesseur
d'une très belle propriété aux environs de Paris...
Un château même.

— A quoi mène le papier timbré !...

— Son premier soin, avant de partir, fut de me prier chaudement d'être un des habitués de ce château.

— Tu refusas.

— Pour mieux accepter.

— Parbleu !

— Songe donc ! Lui était forcé de retourner à Paris chaque jour pour ses affaires... Une journée de liberté !...

— En tête-à-tête.

— Hélas ! non... Il y avait toujours d'autres invités...

— Tout à fait *high-life*, ton notaire.

— C'est ce qui fait aussi qu'une nuit...

— Hum !...

— Permets-moi une pause, et rallume-moi mon cigare.

— Tu n'as pas besoin que je te mouche en même temps ?

V

— Une nuit, mon cher, elle m'avait autorisé à venir...

— Dans sa chambre.

— Non... Mais dans une des chambres d'ami restées libres... au second... tout au fond du corridor.

— Je vois ça d'ici.

— Nous y étions depuis dix minutes. Qu'elle était belle dans son peignoir blanc !

— Je l'ai vue jadis au Gymnase, jouée par Pierson.

— Tais-toi... j'arrive au dénouement... Tout à coup... des pas... — Ciel ! fait-elle... — On tousse. — La voix de mon mari... je suis perdue... — Non... je te sauverai, ange !... Cette fenêtre... — La fenêtre était escortée d'un balcon... Mais le balcon était séparé du sol par une distance de vingt mètres... Impossible de sauter... Je tâtonne... Soudain... ô Providence !... une corde !... Je me rappelle qu'on faisait justement des réparations à la toiture... La corde qui sert aux ouvriers... je m'élance... je m'accroche... et un effroyable carillon se met à effaroucher le silence de la nuit... Je m'étais suspendu à la cloche qui servait à sonner le dîner !... Tous les invités accourent... le mari aussi...

— Je comprends le reste.

— Oui, mon cher... Provoqué et blessé par un notaire...

— Et ton Elodie?

— Pauvre adorée!... Elle plaide en séparation...

— Et elle viendra vivre avec toi dès qu'elle sera séparée?...

— Dame!

— Très bien... Seulement, un conseil... Si vous habitez jamais la campagne ensemble, n'aie pas de cloche chez toi...

DEUXIÈME PARTIE

LA VIE AU JOUR LE JOUR

LA VIE AU JOUR LE JOUR

NNOVATION ! innovation ! où vas-tu te nicher ?

Rien n'est plus connu, on peut même dire plus célèbre, que la poésie des mirlitons. Son répertoire, depuis plus de cent ans (car le mirliton date du XVIIIe siècle), oscillait perpétuellement entre le bouquet à Chloris et le madrigal à Climène.

Les distiques mirlitonisant étaient tous à peu près conçus sur ce modèle :

> Pour vous de ma vie, Iris,
> Je ferais le sacrifice.

Ou sur celui-ci :

> Adèle, je vous aime
> Presqu'autant que moi-même.

Il y avait des années et des années que cela durait ainsi. On ne prévoyait pas que cela pût finir, ni se transformer ; c'est ce qui est cependant en train d'arriver.

Un bébé de ma connaissance soufflait hier victorieusement dans un grand mirliton rapporté de la fête de Saint-Cloud.

J'eus la curiosité de jeter un coup d'œil sur la littérature qui s'enroulait autour de cet instrument de musique. O surprise ! il n'était question ni d'Iris, ni d'amour, ni de madrigaux.

Les distiques étaient une série de conseils pratiques. On y lisait :

> Si tu veux vivre longtemps,
> Il faut manger lentement.

Puis encore :

> De l'estomac souffrez-vous ?
> Il faut boire à petits coups.

Ce n'est rien en apparence que cette révolution

intime, et c'est beaucoup cependant pour le philosophe qui regarde.

Le mirliton du vieux jeu représentait encore l'inflammabilité des cœurs candides. Il était de son temps, un temps où l'on aimait — jusqu'à la naïveté.

Le mirliton d'aujourd'hui se fait positif. L'appareil digestif donne congé aux sornettes des rêveurs et des amoureux.

Le baron Brisse exproprie Gentil-Bernard.

Soit!

Mais puisque le mirliton veut être pratique, qu'il le soit jusqu'au bout.

Donner des préceptes de gastronomie hygiénique, c'est fort bien, mais ce n'est pas assez.

O mirliton transformé! ô mirliton sérieux! ô mirliton utilitaire! élargis le cercle de tes opérations et de tes conseils, deviens le guide universel, le mentor à deux sous de l'existence contemporaine, pense à tous ceux qui ont besoin de bons avis et prodigue-les à rime que veux-tu.

Dédie aux spéculateurs des formules comme celle-ci :

6.

> Pour bien placer ton argent,
> Ne cherche que cinq pour cent.

ou :

> C'est charmant, les gros intérêts ;
> Mais on ne nous paie plus après.

Aux hommes politiques offre des maximes salutaires telles que :

> Je crois que nos députés
> Feraient mieux de moins crier.

ou :

> Si l'on supprimait les partis,
> Ça ferait le bien du pays.

Les mirlitons destinés aux artistes porteraient en guirlandes des préceptes de ce genre :

> Si vous voulez fair' longtemps des affaires,
> De vos tableaux n'demandez pas trop cher.

ou :

> Défiez-vous, l'engoûment
> Dans ce monde n'a qu'un temps.

Les mirlitons des célibataires seraient ornés de ces sages recommandations sur le mariage :

La femm' qu'on prend pour son argent
Vous trompe, hélas ! bien souvent.
Cell' qui vous prend pour votre argent,
Vous trompe encore plus souvent.

Ainsi l'on verrait le mirliton, métamorphosé,
devenir le régulateur de la vie, le conseiller des
dames et des demoiselles, l'oracle de tout un
chacun. Qui sait? les voies de la destinée sont
souvent si bizarres ! Peut-être la fameuse régénération dont on parle tant, que l'on voit si peu
venir, nous arrivera-t-elle

En jouant du mirlitir.
En jouant du mirliton.

* *

Que voulez-vous?... c'est notre côté faible,
mais c'est peut-être aussi le secret de notre
force.

Nous ne pourrons jamais nous défaire de la
manie de l'illusion, de la folie de l'espérance.

Peut-être, je le répète, s'il en était autrement,
ne trouverions-nous jamais en nous ce ressort
qui nous fait rebondir après toute chute. Mais,

par contre, que de déceptions nous nous serions
épargnées!

Toute chose ainsi a son système de compen-
sation, comme disait feu Azaïs.

Il n'en est pas moins certain que nous courons, avec chaque Exposition, à des déconvenues
nouvelles ; car il y a ceci de particulier, que
chacun a encore présente à la mémoire l'expérience faite jadis, qui n'empêche pas que la *folle
du logis* recommence à se donner carrière de
plus belle.

Dès qu'une exposition est annoncée, vous
rencontrez déjà force gens qui vous abordent en
vous disant :

— J'ai une combinaison, grâce à laquelle je
suis sûr d'encaisser cent mille francs pendant
les six mois que durera l'Exposition universelle.

— Ah! bah! Et de quoi s'agit-il? ·

— J'organise un système de restaurants ambulants.

— Plaît-il ?

— Je vous dis que j'organise un système de
restaurants ambulants. Une idée merveilleuse.

— Je ne saisis pas.

— C'est bien simple, cependant. Que désire
l'étranger qui vient visiter Paris, et qui n'a que
juste le temps nécessaire pour voir toutes les
merveilles du programme? Il désire, n'est-ce pas,
ne pas perdre une seule minute?

— Soit!

— Eh bien, chaque jour, le déjeuner et le dîner lui prennent au moins deux heures dont il
pourrait faire un précieux emploi. J'abolis cette
non-valeur.

— Je n'y suis pas encore.

— Je l'abolis en créant le restaurant à quatre
roues. Imaginez de vastes omnibus, garnis à
l'intérieur de petites tables sommaires. Chaque
omnibus a son itinéraire et conduit de divers
points au Champ de Mars. Vous montez. Le
conducteur vous apporte le menu du jour. Vous
choisissez un ou deux plats froids. On vous les
apporte, et vous mangez tout en roulant... J'aurai aussi les voitures de banlieue pour visiter
Saint-Cloud, Versailles et autres, en consom-
mant le long du chemin... C'est merveilleux,
vous dis-je... Mais, pardon, il faut que je vous

quitte. J'ai rendez-vous à midi à la préfecture
de police pour les autorisations nécessaires...
Adieu !... N'ébruitez pas mon affaire avant que
j'aie mon brevet...

Plus loin, c'est l'inventeur de la loterie universelle.

— Suivez bien mon idée, me dit-il.

— Je ne fais que cela et je suis tout oreilles.

— Ma formule se résume en ceci : Stimuler
la dépense par l'appât du gain. Je m'arrange
avec une série de maisons de commerce en tout
genre. A chaque achat, elles délivrent à l'acheteur un ticket qui sert de numéro pour une loterie dont le tirage aura lieu chaque semaine. Vous
pensez si, pendant l'Exposition, les étrangers
mordront à l'appât !

— Mais la loterie est défendue.

— Aussi je cours chez le ministre à qui j'ai
demandé une audience. Il me comprendra, j'en
suis sûr... Au revoir !

Un troisième... un quatrième... un cinquième... Tous se suivent en différant quant aux applications, mais en se ressemblant par le but,

qui est de s'emplir le porte-monnaie aux dépens de l'Exposition future.

C'est absolument la même fièvre toutes les fois.

Le dernier des bourgeois dit imperturbablement :

— Nous louerons si cher notre appartement en meublé que nous pourrons doter notre fille ensuite... Et qui sait même... Si nous avons pour locataire quelque boyard qui s'en éprenne...

La réalité ne ressemble guère à ces chimères.

N'importe ! Incurables !

* * *

Il y aurait pour un observateur quelque chose à faire avec ce titre : *Comment on enterre à Paris.*

Que d'aspects divers revêt en effet le deuil ! Quelle variété dans les types, dans les impressions, dans les formules !

D'abord l'enterrement politique. Celui-là, je l'avoue, me laisse presque toujours indifférent.

C'est ou la manifestation d'un parti, ou la banalité des pompes officielles. Dans ces deux cas,
l'attendrissement sincère ne saurait trouver
place.

Sur le passage, les fenêtres s'ouvrent ; au pié-
tinement des chevaux de l'escorte, on dirait qu'il
s'agit d'une fête.

— Ohé! Auguste, par ici... Nous verrons le
char, entendez-vous dans la foule.

— Br...it! Alfred! monte donc sur un réver-
bère... les sergents de ville regardent d'un autre
côté.

Et ainsi de suite, tandis que le cortège, en-
nuyé et pensant à autre chose, est composé de
gens qui ne pensent qu'à se montrer, sans nul
souci de l'infortuné défunt.

L'enterrement littéraire a un autre caractère.
Autant d'écrivains, autant de modes pour le
regret.

L'académicien n'a, en général, que la douleur
de commande derrière son char funèbre, tandis
que le poëte ou le romancier populaire, par
exemple, est escorté par une émotion de meilleur
loi.

Rappelez-vous les obsèques de Murger.

J'ai vu là des femmes, — et en grand nombre, — qui jamais n'avaient vu l'auteur de la *Vie de Bohème,* et qui pleuraient de véritables larmes, en couvrant son cercueil de fleurs.

Pourquoi?

Parce que Murger avait fait vibrer l'éternelle corde de la jeunesse et de l'amour!

Celles qui pleuraient ainsi le remerciaient à l'heure suprême d'avoir partagé de loin leur angoisse ou leur joie.

Pourtant aussi il y a des singularités, j'allais dire des caprices, dans la mort ainsi que dans la vie.

Je parlais des funérailles faites à Murger par la sympathie féminine. Si un homme eut jamais droit à cette sympathie-là, si jamais un homme écrivit pour la femme et par la femme, ce fut Alfred de Musset.

Par quel inexplicable contraste de la destinée le convoi d'Alfred de Musset fut-il aussi délaissé que celui de Murger fut fêté? —

C'est inouï, et cependant cela est.

7

Jamais cérémonie plus lugubre, plus aban-
donnée.

Une poignée d'amis, tout au plus. Paris indifférent n'avait même pas l'air de savoir qu'un de
ses plus grands poètes venait de mourir.

Au cimetière, il ne restait presque plus personne. Le long même de la route, cela avait tant
l'air d'un enterrement banal que personne ne se
retourna pour demander :

— Qui donc est-ce ?

Ce ne fut que huit jours après que, les journaux ayant protesté, Paris s'indigna contre lui-
même et se mit à jeter à pleines mains l'enthousiasme sur la tombe qui s'était silencieusement
refermée !

Par contre, un homme qui eut certes un grand
talent, mais qui jamais n'approcha du génie, eut
peut-être les funérailles les plus pompeuses de ce
siècle ; cet homme, c'est Halévy, l'auteur de la
Juive.

Il y avait là un peuple de célébrités.

La tête du cortège était déjà à la place de la
Concorde que la queue n'était pas encore sortie
out entière de l'Institut.

Trois musiques militaires, jetant aux échos des marches funèbres, mettaient en émoi tous les quartiers. Chemin faisant, on récoltait toujours de nouvelles recrues parmi les badauds.

A la fin, on aurait dit que la moitié de Paris était là !

Quelque chose de très symptômatique, dans les enterrements parisiens, c'est le *decrescendo* de la tristesse observé au passage, en commençant par les premiers rangs des assistants pour finir par les derniers.

Étrange gamme !

Tout près, derrière le corbillard, les fronts sont découverts ; les yeux rougis se baissent vers la terre ; abattement et recueillement.

A partir de la quatrième rangée, légère modification.

Les visages sont attristés et pénétrés encore. Mais les yeux se lèvent de temps en temps pour jeter un regard furtif sur la foule qui fait la haie sur les trottoirs. Quelques chapeaux sur les têtes.

A la sixième rangée, tout le monde est couvert.

Les yeux se promènent sans dissimuler sur les maisons des rues par où l'on passe. Des conversations s'engagent sur le ton du chuchotement.

Conversations où l'on se répand en éloges sur le défunt ou sur la défunte.

Pas un mot encore en dehors de ce sujet de circonstance.

Les dialogues incidents ne s'engagent qu'à partir de la huitième rangée.

On parle plus haut. On gesticule même un peu.

Discussions sur la dernière séance de l'Assemblée ou sur les cours de la Bourse. Quand un des invités aperçoit une connaissance qui passe il lui envoie un petit sourire.

A la douzième rangée, on marche presque à la débandade. Quelquefois même tout en causant on monte sur le trottoir. Chacun ne s'occupe plus que de ses petites affaires. Le nom du décédé n'est même plus prononcé. On se raconte la dernière pièce du Palais-Royal. Un monsieur imite Saint-Germain. On rit...

Les enterrements à Paris ont leurs fidèles.

Il est des gens pour qui il ne saurait y avoir de plus grand régal que celui-là.

D'autres vont y chercher une occasion de réclame. Histoire de se faire annoncer dans les
journaux; vous savez la phrase : « Parmi les
assistants, citons, etc., etc. »

Balzac, lui, avait une habitude bizarrement
touchante. Il ne pouvait rencontrer un convoi
absolument solitaire sans marcher derrière aussitôt. Il lui semblait que c'était l'accomplisse-
ment d'un devoir.

— Ce cercueil délaissé, que le hasard place
sur ma route, disait-il, c'est un pauvre qui me
demande la charité. En le suivant, je lui fais
l'aumône.

Grassot, le bouffon fantastique du Palais-
Royal, hantait les enterrements pour un motif
tout autre.

Comme il habitait les environs de Montmartre,
à l'heure où il devait se rendre à une répétition, il s'en allait flâner du côté du cimetière
et, montant dans une voiture de deuil; s'il
en trouvait une qui attendît la fin d'une inhu-
mation, il se faisait conduire gratis à son
théâtre.

Ce qu'il échangea ainsi de condoléances avec

des inconnus sur des trépassés dont il ne savait pas même le nom, c'est incalculable !

Un moment aussi les convois eurent une clientèle spéciale, c'était à l'époque où l'on interdit la petite bourse du boulevard.

Presque partout les tripoteurs de la coulisse se réunissaient derrière un char mortuaire. Là ils échappaient à la surveillance.

Seulement les croque-morts ahuris entendaient dans les rangs de ces faux attristés :

— Je donne une prime dont deux sous.

— Qui veut cinquante chemins en liquidation ?

***

Un des plus sinistres monuments de Paris va disparaître. La prison de Saint-Lazare va être démolie prochainement et fera place à une mairie somptueuse.

En lisant cette nouvelle dans un journal, tout un monde de souvenirs étranges m'est revenu à la mémoire. Souvenirs d'une visite que je fis l'an dernier à la lugubre maison de détention spécialement consacrée à un sexe qu'en sortant de là on n'a guère envie de trouver beau.

Si vous voulez, avant que les murs soient démolis, faire avec moi un voyage rétrospectif à travers le noir pénitencier, je vous servirai de guide.

Saint-Lazare est perché en haut du faubourg Saint-Denis et le promeneur distrait passerait tous les jours devant cette porte à l'aspect banal sans se douter de la destination de l'édifice, si la présence d'un factionnaire, arpentant mélancoliquement le trottoir, n'attirait l'attention et ne faisait retourner la tête.

Alors on aperçoit à hauteur du premier étage une inscription qui vous renseigne.

A défaut de l'inscription d'ailleurs, cette voiture bizarre, qui s'engouffre sous la voûte obscure avec un bruit sourd, vous apprendrait bien vite à quel genre d'établissement vous avez affaire.

De cette voiture hermétiquement close et qui portait naguère le nom vulgaire de *panier à salade* vont descendre les prisonnières que fournit, hélas ! chaque journée parisienne, avec une implacable régularité.

Cette cérémonie de réception est une des scènes les plus piquantes auxquelles on puisse assister.

Pêle-mêle, les futures détenues dégringolent du marchepied. Contrastes saisissants! Celle-ci est couverte de sordides vêtements, pendant que celle-là est frileusement enveloppée dans un paletot de velours. Ici la misère hideuse, là le luxe arrogant et criard. Des haillons pêle-mêle avec des bijoux tapageurs, des bonnets rapiécés avec des chapeaux à panache, puis, pour compléter l'étrangeté du côte à côte, des femmes cassées par l'âge suivant des fillettes qui ont presque encore l'air d'être des enfants.

C'est lamentable et effrayant cette revue que passe le châtiment!

Toutes ces pensionnaires s'alignent au greffe où le registre d'écrou recueille leurs nom et prénoms. Un registre sur lequel, si on le parcourait, on serait bien surpris de retrouver le nom de certaines beautés fringantes qui se pavanent en huit-ressorts au bois de Boulogne!...

Cette opération préalable achevée, chacune est emmenée dans la section de la prison qui lui est réservée. Un quart d'heure après, il ne reste plus de trace des différences qui frappaient tout à l'heure si vivement le regard.

L'uniforme a tout nivelé. Les cheveux blonds, bruns ou blancs, sont tombés sous le ciseau réglementaire. La robe de bure et le fichu blanc ont fait une terrible égalité sur les inégalités de la fournée nouvelle.

À l'atelier tout le monde !

Car le travail, à Saint-Lazare, est général, en dehors de l'heure de récréation accordée par jour aux détenues.

Les salles de labeur sont suffisamment vastes, disséminées à tous les étages et groupées par catégories.

Nous voici dans la catégorie des voleuses.

Tous les regards se lèvent avec avidité quand la porte s'ouvre et qu'un gardien paraît, suivi de visiteurs étrangers. Quels sont les visiteurs ? Les yeux des prisonnières, obstinément braqués, cherchent à deviner.

Est-ce une inspection officielle ? est-ce une visite de curieux ?

Quand elles ont la certitude que c'est la seconde

7.

hypothèse qui est la vraie, quelques chuchote-
ments, aussitôt réprimés par la sœur de surveillance, se produisent. Des ricanements cyniques
s'y joignent même en général.

Triste témoignage d'insensibilité morale !

La section des voleuses est à peu près la seule
qui ait le privilège de réunir toutes les nationa-
lités ! Les Anglaises sont en majorité parmi les
étrangères. J'en suis fâché pour Albion.

Puis il y a des Allemandes, des Russes, des
Italiennes.

Une tour de Babel ! L'Internationale du mal !

Le compartiment des voleuses n'offre pas un
grand intérêt, à moins qu'on n'y trouve par exception quelque criminelle de première catégorie, comme par exemple une meurtrière.

J'eus cette chance peu souhaitable. Il y avait
là une misérable créature accusée d'empoisonnement.

Ses camarades ne lui parlaient pas.

La hiérarchie du crime !

En revanche, où le bavardage, si on ne faisait
bonne garde, serait intarissable, c'est dans la
section des jeunes filles détenues à *correction*.

Celles-ci n'ont pour la plupart pas encore passé devant les tribunaux ; elles se rattraperont plus tard, allez !

En attendant, les parents les ont fait enfermer pour inconduite avec espoir du purification.

Cet espoir-là n'est qu'un leurre. Malgré les conseils, les exhortations, celles qui sont entrées dans la vie par cette porte-là sont presque toujours perdues.

Le côte-à-côte est si corrupteur ! Les conversations de la récréation sont de si ignobles cours de dépravation !

C'est là ou jamais que le système cellulaire serait de mise au lieu de la promiscuité.

Songez qu'il y a dans ces salles des détenues de huit et dix ans déjà gangrenées par la plus affreuse perversité.

Les deux extrêmes !

Nous passons au quartier de la vieillesse.

Le plus abominablement navrant de tous.

Horreur ! on rencontre là des femmes de soixante-dix, de quatre-vingts ans. La débauche, après les avoir flétries, n'en a plus voulu. Saint-

Lazare les recueille ; la prison est leur dernier asile.

Oh ! la vieillesse qu'on ne peut pas respecter, quel spectacle douloureux !

Ces femmes, elles ont parfois l'aspect sacré de l'aïeule vénérable. Mais, si l'on s'informe, on apprend que toutes les fanges les ont souillées.

Et l'on recule avec épouvante devant cette parodie du respectable.

La promenade, vous le voyez, n'est pas gaie.

Que serait-ce si je vous emmenais dans l'infirmerie, où râlent et geignent toutes les hideurs !

O Paris ! Paris insoucieux et folâtre, tu ne te doutes même pas des abominations et désolations qui sont l'envers de tes rires !

Comme note moins dramatique (car cela confine plutôt à la comédie la plupart du temps), le gardien nous montre en partant le couloir réservé aux épouses qui ont... qui ont donné des coups de canif dans le contrat.

Le plus bizarre, c'est que généralement les maris qui les ont fait condamner viennent les voir et leur apportent un tas de douceurs.

Contradiction du cœur humain. Rigueur et sucreries !

C'est fini.

Après avoir visité les dortoirs merveilleux de propreté et où chaque lit est isolé par des murs, après avoir donné un coup d'œil à la cuisine où tout reluit, on se retrouve dans la rue avec un véritable soulagement.

C'est avec joie qu'on respire un air qui n'est pas vicié par d'odieux contacts.

Par exemple, malgré soi, on trouve que toutes les passantes ont de vagues ressemblances avec les détenues qu'on vient de voir.

Pardon, mesdames ! Habitude momentanée de l'œil !

*   *

Par une singulière coïncidence, au moment où l'un de nos plus célèbres avocats succombait, un inventeur arrivait à Paris pour y exhiber une machine à parler. Ceci aurait-il l'intention de supprimer cela ? Notre époque serait-elle des-

tinée à voir, avant la fin de ce siècle, la mécanique appliquée à l'éloquence ?

La chose n'est peut-être pas si invraisemblable
qu'elle en a l'air. La rhétorique contemporaine,
en effet, ne vit-elle pas, la plupart du temps, de
vieux clichés qu'il serait facile de noter, comme
on note sur le cylindre de l'orgue les airs con-
nus qu'il promène ensuite à travers les rues et
les cours ?

C'est à la politique surtout que la nouvelle invention pourrait s'appliquer. Que de redites
dans le flux de paroles qu'elle fait couler tous
les jours !

Avec la machine à parler, il n'y aurait plus
qu'à tourner la manivelle, ce qui serait infini-
ment plus commode et plus expéditif. Pourquoi
condamner les gens à apprendre par cœur un
tas de phrases invariables, si l'on pouvait, avec
un engrenage, faire dévider la bobine oratoire
toute seule ?

Il y en aurait pour tous les goûts et pour toutes
les opinions. On vendrait des machines à parler
à l'usage de tous les partis. Ce serait simple
comme bonjour. Les discours seraient étiquetés

comme les lettres dans le *Parfait Secrétaire.*

Dans cet ouvrage ingénu, vous rencontrez des nomenclatures de ce genre :

— Réponse d'une demoiselle à un jeune homme qui lui fait la cour et qui ne se décide pas à demander sa main.

— Réponse à un ami qui vous a emprunté de l'argent et dont on veut repousser la demande sans cependant se fâcher avec lui.

— Réponse à un solliciteur, pour lui faire espérer une place sans la lui promettre formellement.

On aurait de même, avec les cylindres de la machine à parler, la collection la plus variée.

Et ce serait :

— Interpellation à un ministre qui paraît trop incliner du côté de la réaction.

— Interpellation à un ministre qui semble trop pencher du côté de la démocratie.

— Considérations financières à placer dans la discussion générale d'un budget. Variations sur le principe d'économie.

Et ainsi de suite.

En faisant vibrer certains mots avec à-propos,

en donnant certaines inflexions, la machine à parler arriverait à faire une illusion complète. L'orateur n'aurait plus qu'à se tenir à côté d'elle et à mimer quelques gestes pour appuyer les formules qui se moudraient toutes seules.

En vérité je vous le dis, ce serait un magnifique progrès. Malheureusement il n'est pas encore complètement réalisé. La machine à parler qu'on nous a exhibée l'autre jour au Grand-Hôtel a besoin d'un certain nombre de perfectionnements pour remplir les conditions voulues. Espérons et attendons.

* *

Nos honorables vont avoir à s'occuper très prochainement d'une pétition qui mérite d'attirer toute leur sollicitude.

Cette pétition, parfaitement intentionnée, demande que le commerce public de l'absinthe soit désormais interdit.

Et, à l'appui de leur demande, les pétitionnaires ont fait dresser, avec approbation contresignée par trente-quatre médecins, une statis-

tique de tous les cas de folie *absinthique* cons-
tatés depuis vingt ans dans les hôpitaux.

La progression est épouvantable. Le chiffre a
plus que décuplé. Certes, à considérer la légiti-
mité de leur réclamation, on se sent tout d'abord
disposé à appuyer cette protestation, faite au
nom de la salubrité publique, et à crier *grâce*
pour les cerveaux contemporains.

Mais les auteurs de la pétition se sont fait singulièrement illusion, s'ils ont cru qu'une protestation légale aboutira à quelque chose.

N'est-il pas à craindre, tout au contraire,
qu'elle donne à ce poison patent l'attrait du
fruit défendu ?

L'homme est un étrange animal, construit de
telle sorte qu'il court presque toujours de pré-
férence aux choses ou aux gens qu'on lui si-
gnale comme nuisibles.

En stigmatisant les ravages causés par les co-
cottes dans la jeunesse et aussi dans la vieillesse
actuelles, on n'a pas entravé la prospérité de ces
dames.

Loin de là. Elles ont pris toutes les pierres
qu'on leur a jetées et elles s'en sont fait un pié-

destal. Celles qu'on désigne comme ayant accu-
mulé le plus de ruines autour d'elles sont celles
dont les sourires sont disputés avec le plus
d'acharnement et le plus chèrement cotés.

Autre exemple :

Il s'est fondé depuis pas mal d'années une association philanthropique contre le tabac. Elle
s'est multipliée avec une ardeur fort méritante
assurément. Elle a lancé des anathèmes très bien
sentis contre le cigare et la pipe.

Résultat : les recettes de la régie ont grossi
de je ne sais combien de millions, pendant que
l'association antinicotinesque brandit ses fou-
dres et lance ses excommunications.

Je crains fort qu'il n'en soit de même pour
toutes les tentatives faites en vue d'abolir l'usage
de l'absinthe. Et je vais avoir le regret de vous
exposer pourquoi j'ai cette crainte.

Et d'abord l'absinthe n'est pas le seul breuvage funeste à la santé publique.

Que, demain, la loi réclamée par les pétitionnaires soit votée, les débitants auront tôt fait
d'inventer un autre produit auquel ils donneront n'importe quel nom.

Ce n'est pas le goût de l'absinthe que recherche le buveur : c'est la surexcitation maladive qu'elle engendre.

Alfred de Musset, qui avait malheureusement des motifs pour être expert en ces tristes matières, s'est écrié jadis :

Qu'importe le flacon, pourvu qu'on ait l'ivresse !

Qu'importe aussi la dénomination, l'étiquette, la saveur même, pourvu que le délire momentané vienne lorsqu'on l'appelle...

On a vu des ivrognes boire de l'alcool pur. Vous ne pouvez pas empêcher la vente de l'esprit-de-vin.

L'homme qui veut se détruire en gros ou en détail en arrive toujours à son but. C'est là une vérité qui n'est pas neuve, mais qui est toujours désolante.

Sénèque le Tragique écrivait de son temps cette formule éloquente qui perd à être traduite :

« Tout peut enlever la vie à l'homme, rien ne peut lui ravir la mort. »

Ce qui signifie que, comme je le disais tout à

l'heure, on n'empêche pas les gens de se suici-
der. Pas plus avec un revolver qu'avec l'eau-
de-vie.

Il faut donc chercher dans une autre direction.

Laquelle?

La réponse du bon sens me paraît être que
ce qu'il faut tâcher de réformer, ce n'est pas la
boisson, mais bien les mœurs de ceux qui
boivent.

D'où vient l'envahissement toujours croissant
de l'absinthe? Du relâchement des liens de famille, relâchement qui fait qu'on déserte de plus
en plus la vie d'intérieur pour la vie de café ou
de cabaret, suivant les classes.

Ramenez l'homme au foyer des siens, et vous
verrez aussitôt diminuer les ravages du fléau.

Ceci devrait être l'œuvre de la femme. Je ne
prétends pas qu'elle y puisse toujours réussir;
mais ce sera déjà un honneur pour elle que de
l'avoir tenté.

Il convient de faire à chacun sa part de responsabilités.

La femme, en devenant plus désireuse de li-

'berté, a encouragé l'homme dans la voie buis-
sonnière où il s'engageait. Lorsque celui-ci ma-
nifestait l'envie de passer sa soirée au dehors,
bien souvent, trop souvent, il n'a rencontré
aucune résistance.

Bien au contraire. On a eu l'air de regarder
son départ comme une délivrance.

Peu à peu les ménages se sont ainsi, du haut
en bas de l'échelle sociale et toutes proportions
gardées, accoutumés à vivre séparément.

D'un côté la femme coquetant. De l'autre le
mari buvant et fumant.

Sans doute, il y a des exceptions à cette règle
trop générale. Mais ne sentez-vous pas que j'ai
raison et que ceci a engendré cela ?

Parbleu ! Pour vous en convaincre, deman-
dez-vous si l'ivresse à domicile est admissible
comme habitude fréquente !

Non... Très petit est le nombre de ceux qui
boivent chez eux.

C'est au-dessous, c'est à l'estaminet ou devant le comptoir que se contractent ces vices
odieux.

L'ouvrier qui s'enivre serait le plus souvent

arrêté s'il voyait là, près de lui, le berceau de
ses enfants.

A plus forte raison s'il s'agit de l'*absinthisme*
des gens d'une classe et d'une éducation supérieures.

Changez les mœurs. Voilà le vrai, le seul
moyen de combattre le mal. Mais comment s'y
prendre? A coup sûr, ces changements-là ne
s'opèrent pas comme des changements à vue.
Mais il faut commencer par le commencement
si l'on veut arriver à une fin pratique.

Que la femme prenne l'initiative. C'est elle
qui doit entreprendre avec courage cette mission de sauvegarde.

On peut aussi beaucoup en donnant une pâture aux intelligences pour empêcher que *la
bête* ne s'emporte. Sous ce rapport on a fait
beaucoup. Les associations d'enseignement, les
cours du soir pour les adultes, les conférences
sont des remèdes d'une incontestable efficacité.

Tout le temps qu'elles conquièrent pour l'é-
tude est autant de pris sur l'alcoolisme. Courage
donc, et qu'on redouble d'efforts!

Cela vaudra mieux, allez, que de pétitionner pour obtenir des prohibitions qui seront toujours éludées, et qui, par conséquent, resteront toujours impuissantes.

⁎

La science a parlé, elle n'est pas toujours rassurante, la science, quand elle parle.

— Ne s'avise-t-elle pas de nous prédire, en effet, que le mois prochain sera signalé par des tremblements de terre formidables qui secoueront Paris jusque dans ses fondements ! Quelque chose comme une réduction de la fin du monde, quoi !

Mais voyez combien nous sommes devenus sceptiques. Tandis qu'aux abords de l'an 1000, sur le bruit que le monde allait finir, il y eut une panique générale suivie d'une non moins générale conversion, notre siècle qui n'a pas la crédulité facile reste complètement insensible et n'a pas l'air de vouloir rien changer à ses habitudes les plus déplorables.

Quel dommage !

Ce serait un spectacle si curieux que celui d'un Paris revu, corrigé, considérablement amélioré par la frayeur.

Voyez-vous cela d'ici ?

A la Bourse, devenue le temple de la probité, on n'assiste plus qu'à des scènes de désintéressement et d'abnégation.

— J'achète cinq mille d'Italien à 72 ! crie une voix.

Immédiatement un autre boursier s'approche :

— Je les donne à 65.

— Comment ? j'ai dit 72.

— C'est possible, mais je diminue, parce que l'Italien ne vaut pas plus de 65 dans ce moment-ci.

— Permettez, je ne souffrirai pas que vous subissiez pour moi une perte.

— Et moi je ne veux pas vous surfaire.

— Monsieur.

— N'insistez pas, vous me blesseriez profondément.

— Puisque vous l'exigez.

Un peu plus loin, une grande affiche attire le regard.

Elle est ainsi conçue :

« *Société des trottoirs en caoutchouc durci.*

« Le gérant de la Société des trottoirs en caoutchouc avait émis l'année dernière cent vingt-deux mille obligations nouvelles de cette Société. Les promesses contenues dans le prospectus distribué alors étaient plus fausses les unes que les autres et l'argent des obligataires pourrait être dès à présent considéré comme perdu. Mais le gérant tient à honneur d'indemniser sur sa fortune personnelle tous ceux dont il a capté la confiance à une époque où les mœurs financières semblaient malheureusement autoriser ce genre de tripotage.

« En conséquence, à dater du 3 courant, tous les obligataires pourront faire toucher à la caisse de la Société le montant des sommes par eux versées autrefois. Il leur sera scrupuleusement restitué. »

Voilà pour la finance. Et vous conviendrez

8

que ce serait déjà là une assez jolie surprise.

Mais combien d'autres plus inattendues encore si Paris, prenant au sérieux l'annonce de sa fin prochaine, entrait comme en l'an 1000 dans la voie du repentir universel!

On annoncerait un matin chez la marquise de X..., une dame mystérieusement voilée qui demanderait à l'entretenir en particulier.

« Madame la marquise, dirait la dame une fois introduite, monsieur votre fils est en bas dans une voiture. Je vous le ramène gardé à vue par deux fidèles serviteurs. Votre fils, madame la marquise, s'était follement épris de moi qui suis une de ces femmes dont on a fait autrefois le portrait dans le demi-monde. Mais mes yeux se sont ouverts à la vérité, et j'ai compris toute l'horreur de mes fautes passées. Votre fils, madame la marquise, avait emprunté à un usurier une somme considérable sur votre héritage. Voici les deux cent cinquante mille francs. Quant aux intérêts demandés par l'usurier, j'ai tenu à les payer de ma poche, le reste de ma fortune a été porté ce matin par mon homme d'af-

faires au bureau de bienfaisance de mon arron-
dissement.

« Agréez, madame la marquise, l'assurance de
mon respectueux repentir. »

Partout, partout enfin métamorphose complète.

Les restaurateurs ont diminué de moitié le
prix de leurs cartes. A la Chambre, nos hommes
politiques ne se parlent plus qu'avec la plus exquise urbanité et se confondent en excuses lorsqu'ils se voient dans la pénible nécessité de con-
tredire un collègue.

Tous les matins, dans le *Journal officiel,* on
lit des lettres de ce genre :

« Monsieur le ministre,

« Vous avez daigné me désigner par un arrêté
en date d'hier pour la préfecture de la Saône-
Inférieure ; je ne me sens pas digne, monsieur
le ministre, d'occuper un pareil poste. Je viens,
en conséquence, vous prier de bien vouloir reporter votre choix sur mon concurrent M. X...,

dont les capacités sont de beaucoup supérieures aux miennes. »

Et dans le monde théâtral! Quels changements à vue! Partout la modestie, la bonne confraternité. Partout aussi la sincérité quand même.

Au lieu des réclames habituelles où tous les ours étaient proclamés chefs-d'œuvre, les directeurs envoient aux journaux des entrefilets de ce genre :

« L'administration du théâtre des Folies-Lyriques avait fondé des espérances qu'elle croyait légitimes sur la pièce en quatre actes qui a été représentée samedi. Mais l'épreuve a démontré que l'administration s'était trompée en partie. Il y a de jolies choses dans la musique. Mais le poème a été généralement trouvé ennuyeux.

« La direction a donc l'honneur d'inviter les personnes qui ne seraient pas assez *dilettanti* pour goûter une partition en dehors des paroles, à ne pas dépenser inutilement leur argent et à attendre le prochain spectacle qui sera plus heureux peut-être... »

.   .   .   .

. Ainsi iraient les choses si nous avions encore la naïveté des Français de l'an 1000. Mais malheureusement nos astronomes auront beau prédire les catastrophes les plus terribles et les plus imminentes, il faut en faire son deuil; ces candeurs-là sont finies pour jamais.

*
*   *

Il y a un persécuté dont on a prétendu faire un persécuteur.

J'ai nommé le piano.

Pour la dixième fois, on propose de le frapper d'un impôt. Quinze francs par an. Nos législateurs sont saisis de l'affaire par un projet de loi qui vient d'être déposé.

Le premier qui eut l'idée de métamorphoser le piano en contribuable fut le docteur Véron, mon volumineux homonyme.

8

L'ingrat ! lui qui avait fait fortune par la musique.

Ce fut contre le docteur à la vaste cravate un débordement de caricatures dans tous les journaux.

Le projet ne résista pas au ridicule.

Quelques années s'écoulèrent, M. de Belcastel parut à la Chambre de 1871, il parut brandissant un nouvel impôt de Damoclès sur le piano effarouché. Second fiasco.

Le nouveau coup portera-t-il ? J'en doute.

En principe, pourquoi établir des taxes vexatoires, quand ces taxes n'ont pas même l'excuse d'un gros revenu ? Mettez qu'il y ait en France cinquante mille pianos. La belle affaire, et comme l'État en sera plus riche !

Pourquoi aussi, le piano étant frappé, ménager les instruments ?

Les ennemis du piano répondront qu'ils seront ainsi délivrés du tapotage de leur voisine.

Mais, si vous avez un voisin qui joue du trombone, est-ce beaucoup plus suave ?

Et puis, ce que cet impôt aurait de particuliè

rement odieux, c'est qu'il frapperait bien des pauvres gens aux cruels labeurs.

La vie est dure pour la femme. L'homme s'est taillé la part du lion, il a réservé pour lui presque tous les métiers lucratifs.

Je prends au hasard une famille bourgeoise. Le père gagne un maigre salaire. On végète. Deux filles sur les bras ! Comme on veut garder un certain décorum (le père est sous-chef de bureau, si vous voulez), on ne peut pas faire de ces filles-là des ouvrières. Quoi donc ? Elles donneront des leçons de piano.

Pauvres petites, du matin au soir, on les attelle aux gammes et aux exercices. C'est huit ou dix heures d'un travail forcé, qui voûte le dos, creuse la poitrine et fait le recrutement pour le compte de la phthisie.

Là-dessus le père meurt, il faut redoubler de peine. On prend des élèves à trente sous le cachet, à vingt sous parfois ; pas de quoi manger du pain, comme dit le peuple.

Et vous viendrez frapper d'un impôt l'outil qui nourrit si mal son monde !

Ou bien, si vous entrez dans la voie des exceptions, votre taxe ne fournira pas même de quoi payer les agents qui la percevront.

Je ne connais d'ailleurs rien de plus injustement bête que les déclamations contre cet ami qui ne parle que quand vous l'interrogez, contre ce compagnon fidèle et discret qui vous fait causer, au coin de votre feu, avec tous les grands génies de la musique.

Trouvez-lui donc un remplaçant.

Etes-vous triste ? il prendra part à votre tristesse et la bercera par quelque plaintive rêverie.

Voulez-vous être gai ? il deviendra sautillant et fantaisiste.

Confident incapable de trahir, il évoquera à votre gré le souvenir qui vous charme et vous fera revivre les heures d'amour que vous regrettez. Car toute une époque de la vie peut renaître avec un refrain.

Sans compter qu'il est la providence des soupirants.

Sous prétexte de tourner les pages, que d'aveux murmurés à l'oreille sans que la maman ou le mari s'en aperçoivent.

Je demande grâce pour le piano.

* *
*

Déjazet, dans un vaudeville célèbre, racontait une fameuse histoire de perdreaux qu'un marchand avait offerts à son mari à raison de quatre pour six francs, ou de deux francs pièce en choisissant. Le mari en avait pris trois à deux francs, et, comme on cherchait à lui faire comprendre qu'il aurait pu avoir les quatre pour le même prix, il répondait opiniâtrément :

— Mais puisque je te dis que j'ai choisi !

. Le bourgeois de Paris à la poursuite d'un billet de faveur fait des raisonnements de cette force. Il commencera par inviter à dîner un reporter de journal qu'il suppose avoir des accointances auprès des directions, ce qui lui coûtera un louis au bas mot.

. Comme il n'osera pas, à la première entrevue, formuler sa demande, il réinvitera le reporter. Ci, un autre louis.

Pour mieux l'amadouer, il prendra un abonnement de trois mois au journal dans lequel celui-ci écrit, soit quinze francs.

Le grand jour venu, il prendra une voiture pour aller porter lui-même la lettre au secréta-riat, afin d'être bien sûr qu'elle a été déposée. Il reprendra une voiture pour aller chercher la ré-ponse le soir à cinq heures.

Afin de faire honneur à celui qui lui aura fait ce beau cadeau, il sera capable de payer pour ce soir-là une toilette neuve à sa femme et à sa fille, et de s'acheter à lui-même un habit noir.

Mais ne vous avisez pas de faire le total de toutes ces dépenses et de le lui soumettre, car il vous répondra comme le mari de Déjazet :

— Mais mes places ne m'ont rien coûté.

On voit ainsi des gens qui ont quarante mille livres de rente se livrer aux platitudes les plus variées pour pratiquer sans vergogne la mendi-cité particulière du billet de faveur.

Que voulez-vous ? je vous l'ai dit, cela rentre dans la catégorie des affections mentales.

***

Mais tout arrive et il faut rayer le mot *in-vraisemblance* du dictionnaire depuis que les assassins renouvellent en plein pays civilisé les exploits sinistres que les romanciers attribuaient jadis à leurs héros factices.

C'est peut-être une circonstance atténuante que cette étrangeté d'audace, c'est peut-être une circonstance atténuante en faveur des badauds qui, dès qu'un crime a été commis, courent voir le lieu où opéra le criminel.

Mais voilà tout de même une curiosité que je déclare profondément répulsive.

Cette avidité de contemplation appliquée à l'assassinat est vraiment peu faite pour donner une haute idée de notre époque et de notre pays.

Pour peu que cela continue, il va s'établir une catégorie nouvelle de marchands ambulants.

Ceux-ci *suivront les crimes*, au lieu de suivre les fêtes comme leurs collègues ; dès qu'ils apprendront qu'un meurtre a été commis sur un point, ils s'y transporteront avec leur petit déballage.

— A la fraîche ! Qui veut boire ?...

— La boutique à treize !...

Et ainsi de suite.

D'où il résultera, quand ils feront ensuite

leurs comptes de l'année, des dialogues de ce genre :

— C'est encore l'homme qui a scié sa femme qui a le plus donné.

— Ma foi, oui... La petite fille rôtie dans un four n'a pas été non plus une mauvaise affaire.

— Moins bonne... J'ai fait trente-sept francs de moins.

— Le malheur, c'est qu'on n'est pas toujours prévenu assez tôt.

— Si les assassins pouvaient nous avertir !

— Il est vrai qu'il faut que la publicité commence par nous envoyer du monde.

— Il y a longtemps que nous n'avons eu un bel empoisonnement !...

Charmantes conversations d'un avenir qui n'est pas, ma foi ! bien éloigné, si les choses continuent à aller du train dont elles vont !

***

Un journal annonce qu'un photographe aurait conçu le gigantesque projet de reproduire,

à l'aide du collodion, les traits de tous les can-
didats qui vont se mettre sur les rangs pour les
futures élections.

Ce serait, en vérité, une collection des plus
curieuses que cette galerie de l'ambition humaine prise sur le fait.

Tout esprit de parti à part, comme il serait
piquant de passer en revue les attitudes variées
prises devant l'objectif par les postulants.

— La pose, c'est l'homme, disait un jour Na-
dar variant Buffon.

C'est en pareille matière surtout que l'axiome
recevrait une consécration solennelle. Chaque
candidat, en effet, pensant que ce portrait devrait
passer sous les yeux de ses électeurs, se compo-
serait selon son caractère et aussi selon sa situation électorale.

Celui-ci, le candidat de la bonhomie, désireux de séduire ses commettants par la rondeur
et le sans-façon, prendrait un bon gros sourire
à la Pradeau afin de faire dire :

— Ce doit être un brave homme tout de même,
faisons-en notre député.

Celui-là, au contraire, jaloux d'imposer par la

pompe et la gravité, se redresserait, raide comme
un piquet, dans sa cravate blanche.

Cet autre, patelin et voulant arriver par insi-
nuation, baisserait modestement les yeux vers
la terre.

Ce quatrième, véritable casse-cou politique,
poserait à cheval sur une chaise, le chapeau sur
l'oreille, comme s'il était prêt à faire une charge
à fond sur les électeurs qui s'aviseraient de ne
pas le nommer.

Ainsi de suite, en passant, selon le conseil de
Boileau, du grave au doux, du plaisant au sé-
vère.

Ah ! de grâce, photographe inconnu, n'abandonne pas ta merveilleuse idée. C'est une mine
d'observations que tu prépareras là pour les philosophes et les historiens.

*   *
*

Aimez-vous les tramways ?

On est en train d'en mettre partout.

Notre conseil municipal a encore voté je ne
sais combien de ces lignes encombrantes. Et,

par-dessus le marché, on se propose de fabriquer un chemin de fer souterrain qui promènera invisiblement les populations.

Pour peu que cela continue, le temps n'est pas loin où, tout Paris roulant en voiture sur ou sous terre, les trottoirs ne seront plus hantés que par quelques chiens errants.

Ce sera d'un réjouissant !...

Le soir, les boutiquiers, lorsqu'il fera trop chaud dans leurs boutiques, installeront sur l'asphalte la table de jeu ou le piano, et s'offriront entre eux de petites soirées de famille.

La victime de tout cela, c'est cette chose charmante et essentiellement parisienne qui s'appelle la flânerie.

Flâner ? on ne sait plus ce que c'est.

Avec la locomotion à outrance dont on nous menace, les derniers flâneurs disparaîtront. L'humanité passera tout entière à l'état de colis, s'expédiant d'un point à un autre.

Pourvu qu'on n'en arrive pas à nous lancer dans des tubes atmosphériques, comme les paquets de la poste.

Et cependant, c'était un si innocent et si peu

coûteux plaisir que cette douce flânerie tant re-
grettée! S'en aller les mains dans les poches, au
hasard du hasard; regarder les caprices des éta-
lages et les trottinements des bottines habitées
par un joli pied; s'arrêter sans savoir pourquoi;
repartir à l'aventure; n'avoir ni itinéraire ni
obligation; mettre enfin en pratique constante
la devise de Béranger : *Voir c'est avoir.*

Mais non!... A l'heure qu'il est tout le monde
est pris dans le tourbillon. La vie n'est qu'une
course haletante qui bientôt n'admettra plus
qu'une seule station : la mort.

* *

Sur la crémation, la controverse est plus ar-
dente que jamais.

Il est bien certain que l'homme partage absolument l'avis du lièvre qui, d'après la *Cuisinière bourgeoise, préfère attendre.*

Il est bien certain que, si l'on avait le choix,
au lieu de se décider entre Méry-sur-Oise et les
crémateurs, on se prononcerait pour la prolon-
gation indéfinie de la vie humaine.

Malheureusement, la question ne se pose pas ainsi, et le *Frère, il faut mourir !* est une vérité sur laquelle les partis politiques eux-mêmes sont forcés de tomber d'accord. Ceci étant donné, reste à trouver la meilleure formule pour la solution qui s'ensuit.

Les adversaires de la crémation protestent, en s'écriant que c'est manquer d'égards envers les défunts que de les réduire en cendres. La réduction en engrais qui s'opère souterrainement est-elle beaucoup plus respectueuse ?

Chez les anciens, où le culte des trépassés était religieusement pratiqué, les urnes de famille étaient un objet de haute considération.

Lorsque les cimetières à longue portée fonctionneront (si la crémation n'est pas adoptée), honorera-t-on beaucoup mieux les morts en les délaissant là-bas, là-bas dans les plaines mornes et solitaires ?

Aujourd'hui déjà, voyez ce qui se passe aux enterrements !

A la sortie de l'église, c'est une débandade générale.

— Est-ce que vous allez jusqu'au...

— Impossible, mon cher... j'en suis désolé, mais j'ai rendez-vous chez mon dentiste.

— Moi, je déjeune en ville.

— Moi, j'ai promis à ma femme d'aller louer des places pour le Cirque. Elle veut voir cette Mme Océana qu'on dit charmante.

Et ainsi de suite. Le *sauve-qui-peut* devient de plus en plus général.

Que sera-ce, alors que l'on aura devant soi la perspective d'un voyage de douze lieues avec retour?

On vous *emballera* (c'est le mot) les défunts et les défuntes comme un colis quelconque. Et bon voyage !

Quant aux visites rendues aux tombes amies, c'est encore une tradition qu'il faudra rayer peu à peu des tablettes parisiennes.

Les affaires et les plaisirs tiennent trop de place dans l'existence contemporaine pour qu'on trouve jamais, — en dehors de la Toussaint, ce jour de deuil chronométrique; — le temps de faire ces excursions au trop long cours chez les exilés du tombeau.

N'est-il pas permis, dès lors, de se demander

si le système des urnes à domicile ne forcerait
pas plus efficacement les survivants au souvenir?

⁎ ⁎

Je veux réclamer la création d'un instrument
dont le besoin se fait impérieusement sentir et
qui rendrait d'éminents services.

On possède déjà le *baromètre*, le *thermomètre*,
l'*hygromètre* et une foule d'autres appareils
mesureurs. Pourquoi n'établirait-on pas, à
l'usage de nos honorables, un *insultomètre* politique?

Je ne demande pas que la mécanique se charge
de résoudre ce problème. Bien évidemment, elle
n'y parviendrait pas.

Mais ne pourrait-on confectionner un voca-
bulaire qui, d'un côté, contiendrait toutes les
expressions illicites, et, de l'autre, tous les ter-
mes dont il serait permis de se servir?

Vous savez, comme à la fin de la grammaire
de Noël et Chapsal où on lit :

— *Ne dites pas...* mais *dites...*

Peut-être même devrait-on charger la Chambre elle-même de ce petit travail.

Le spectacle serait curieux. Il rappellerait de loin les discussions de l'Académie travaillant à la fabrication de son dictionnaire.

Je me figure d'ici lire une des séances dans lesquelles serait débattu un paragraphe de l'*insultomètre.*

LE PRÉSIDENT. — Messieurs, l'ordre du jour appelle la discussion des mots *gredin* et *sacripant.* M. Z... a la parole pour le développement de son amendement.

M. Z... — Messieurs, votre commission propose d'exclure du même coup les deux épithètes dont notre honorable président vient de vous donner connaissance. Je crois devoir protester contre cette confusion. *Gredin* est injurieux, je le reconnais, quoique je trouve que la peine de la censure soit un peu forte pour un qualificatif qui peut, en somme, échapper à tout le monde dans la chaleur de la discussion. Mais, *sacripant*, messieurs! Pourquoi frapper *sacripant* d'un rappel à l'ordre? C'est un terme à demi plaisant, qui a quelque chose de fantaisiste et de peu sérieux. Voyez nos classiques. Les oncles y qualifient leurs neveux de sacripants sans que cela tire à conséquence. J'insiste pour que *sacripant* soit classé parmi les expressions parlementaires.

(L'amendement est mis aux voix et adopté.)

Le Président. — Le paragraphe suivant est relatif au mot *renégat*. La commission propose d'interdire cette phrase : « Vous êtes un renégat, » mais elle admet celle-ci : « Vous avez professé tour à tour toutes les opinions. »

Un Membre. — Je demande à ce qu'on puisse dire aussi : « Vous êtes un caméléon. »

Le Président. — La forme poétique de cette appréciation me semble également la rendre tout tout à fait admissible.

(On vote. *Caméléon* est adopté à l'unanimité.)

Et ainsi de suite.

Et croyez que l'*insultomètre* aurait du bon ; car en vérité je me demande parfois ce que l'étranger peut bien penser d'un peuple où chaque parti déclare que les autres sont un ramassis de bandits.

9.

**

Les amateurs de bains froids, vous les connaissez. Des enragés. A peine le soleil montre-t-il le bout d'un rayon que les voilà partis.

Ne faut-il pas qu'ils éblouissent leurs amis et connaissances en leur disant :

— Je suis allé au bain ce matin, l'eau était délicieuse.

L'eau était délicieuse ! Si vous les aviez vus blêmâtres, verdâtres, claquant des dents, le bout du nez rouge comme une tomate !

Si vous les aviez vus frissonnant sous le peignoir et faisant des agaceries à la fluxion de poitrine !

Tout bas ils pensaient :

— Il faut tout de même que je sois un fier crétin pour venir me geler ici... Hum ! attention, le maître nageur nous regarde, prenons l'air dégagé.

Et ils essayaient de se camper en grands vainqueurs.

Les malheureux !

Ce qui ne les empêchera pas de recommencer l'année prochaine.

Sottise oblige.

Le monsieur qui sait choisir le melon est un autre type d'été que je vous recommande.

On a raconté que pendant l'émigration certains émigrés pauvres avaient gagné leur vie à faire la salade.

Le monsieur qui sait choisir le melon ne gagne rien à sa spécialité, mais il croit se couvrir de gloire.

Tout le reste de l'année, il végète, il languit. Il attend l'heure de remplir sa mission en ce bas monde.

Mais, quand les premiers cantaloups apparaissent, comme il se redresse, comme il s'illumine !

Tous les bourgeois de ses amis savent son aptitude et professent pour lui une admiration respectueuse.

Il y en a même qui l'appellent en consultation.

— Ma chère amie, dit volontiers Joseph Prudhomme à son épouse, nous avons du monde à dîner demain.

Je vais écrire à Folandard de venir nous choisir un melon. Nous l'inviterons; cela vaut bien ça.

Si j'avais le temps, je vous montrerais ce héros quand il officie dans la boutique du marchand. Un poème.

Jamais professeurs, faisant passer un examen en Sorbonne, n'eurent un air plus recueilli... mais je m'aperçois que ma comparaison n'est pas flatteuse pour les examinés, et je bifurque en toute hâte.

***

L'autre jour, assemblée générale des médecins de France.

Ces messieurs ne se réunissent qu'une fois par an. Je trouve que c'est encore beaucoup, car j'ai peine à m'expliquer que les augures médicaux puissent s'assembler non pas sans rire, mais sans se jeter à la tête les propos les plus malsonnants

Consultez, en effet, sur n'importe quelle maladie, un, deux, trois, quatre docteurs. Vous êtes sûr qu'on vous prescrira un, deux, trois, quatre traitements absolument contraires.

Or, quand vous dites à un médecin que son confrère vous a prescrit telle et telle chose, si le médecin trouve que le confrère s'est trompé, il doit se faire en même temps cette réflexion intime :

— Voilà un homme dont les erreurs ont déjà envoyé dans l'autre monde bien des victimes infortunées.

Comment, après cela, ces *chers collègues* peuvent-ils avoir du plaisir à se trouver ensemble?

Mais bah ! on prend son parti de tout.

On trouve même moyen de s'égayer de tout.

La preuve, c'est qu'on a fait des mots à l'assemblée générale des médecins.

A la sortie de la séance, la question du cimetière de Méry-sur-Oise ayant été mise sur le tapis dans un groupe, un docteur de province dit à un docteur de Paris :

— Alors bientôt, vous allez travailler pour l'exportation...

Il faut bien rire un peu.

* * *

Imaginez deux millions de bouches ouvertes à la fois par le même bâillement et poussant un *aaaah !* formidable avec le plus triste ensemble.

Paris crève d'ennui sous les averses qui lui pourrissent les os. Mais où aller pour fuir nos abominables étés ?

Au bord de la mer ?

Avec la pluie, c'est le spleen compliqué de moisissure. Savez-vous rien d'horrible, de navrant, d'abrutissant, de pétrifiant, d'assassinant comme de contempler du haut de la falaise un immense et sinistre horizon dont le gris lugubre est zébré de noir par la giboulée ?

Le bord de la mer n'est pas, je le confesse, mon idéal ordinaire. Je trouve que l'embourgeoisement de l'Océan est le plus écœurant des spectacles. Je trouve que l'orgue de Barbarie et le piano font avec la vague le plus discordant trio que l'intelligence puisse détester.

Mais, si la pluie s'en mêle, ce qui n'était qu'assommant devient odieux.

Pauvres martyrs de la routine! ô vous qui, lorsque juillet arrive, montez en chemin de fer, parce que c'est la mode, que je vous plains du fond du cœur, car je sais les effroyables tortures qui vous attendent.

Je parlais de la mer. Je les ai vus clapoter dans la boue des rues non pavées, pour se rendre aux soirées fumeuses d'un casino borgne; je les ai vus, ces fanatiques de la banalité, qui font invariablement ce que le panurgisme ordonne de faire.

Ils arrivaient, les femmes crottées jusqu'à la ceinture, les hommes trempés jusqu'aux os, allant à tâtons sur la grève, s'enfonçant dans le sable, roulant sur les galets. Et pour quel plaisir, grand Dieu! Pour le plaisir d'entendre un grotesque de troisième catégorie débiter une chansonnette comique dont l'Eldorado ne voudrait pas, ou quelque fruit sec du Conservatoire, section des poires tapées, écorcher un air de Verdi.

Et le jour! ah! le jour, c'est pis encore. La grande distraction consiste à aller voir les pêcheurs qui reviennent empestant le poisson gâté, et de regarder avec ahurissement deux ou trois raies se posant sur le dos de quatre ou cinq merlans.

C'est la grande volupté de la journée, après quoi on se jette sur son lit, ou l'on fait un rubicon à un liard le point avec les cartes graisseuses de l'hôtel.

Et la pluie tombe toujours! Et les bronchites pullulent, et l'on tousse, crache, éternue, en se disant tout bas :

— Ai-je été assez bête, mon Dieu! de quitter le ruisseau de la rue du Bac.

Aux environs de Paris, c'est le même thème, mais avec d'autres variantes.

On est enfermé dans le salon du rez-de-chaussée dont les murs pleurent des larmes de salpêtre.

On s'ankylose, on se rhumatise. La voix agaçante du coucou vient vous narguer; le merle vous siffle.

Le mari maussade, la femme énervée, se querellent; pour tuer le temps, on tire les oreilles aux enfants qui reviennent avec de la boue jusqu'aux genoux.

On essaye de lire un journal, on s'endort dessus. Mais l'humidité vous réveille avec un frisson.

Ah ! s'il arrivait quelqu'un de Paris !

On a sonné! Merci, mon Dieu! c'est un intermède.

Tous les nez se collent à la fenêtre. C'est un pauvre qui demande deux sous. Qu'il aille au diable !

Madame veut se mettre à jouer une *ariette, un rien.*

— Tu sais, j'ai assez de la pluie, exclame monsieur. Si j'avais envie d'entendre toute la journée la Valse des Roses, j'aurais acheté une serinette.

On resonne. Malgré l'averse, monsieur, qui n'y tient plus, s'avance lui-même dans l'allée du jardin pour voir plus vite qui est là.

— Allons, bon! les Ducerceau ne viendront pas dîner. Ils avaient pourtant promis. Fiezvous donc aux amis. Sous prétexte qu'il tombe quelques gouttes. Alors ils ne venaient pas pour nous, ils venaient pour eux. Ils prenaient notre maison pour une auberge. Enfin!...

Monsieur reprend son journal, madame son crochet. Chacun d'eux, n'ayant rien de mieux à faire, se découvre des défauts inconnus ou des rides nouvelles, quand tout à coup, patatras... C'est le petit qui, n'osant plus sortir pour tuer son désœuvrement, a voulu regarder le mouvement de la pendule et l'a flanquée par terre. Tempête de famille, qui fait diversion, mais qui ne dure malheureusement qu'un quart d'heure.

La pluie persiste. Il est trois heures moins vingt, et on ne peut se coucher qu'à dix heures!

Enfin cette fois c'est un visiteur!

Un parasite dont on a dit cent fois à Paris :

— Quel insupportable animal, que ce Durandin! Je finirai par lui fermer ma porte.

Lui refuser la porte! Il n'y a pas de danger. C'est le ciel qui l'envoie ; on se précipite à sa rencontre :

— Ce cher Durandin! comme il est aimable! il n'oublie pas ses amis, lui... Il fait un peu humide, mais c'est charmant tout de même la campagne, vous allez voir.

Le cher Durandin, qu'on emmène jouer au tonneau sous le hangar, pince une bronchite épouvantable. Le soir, à onze heures, quand il s'en va, ce n'est plus de la pluie, c'est un torrent. On lui prête un vieux parapluie cassé, parce que maintenant que monsieur n'a plus besoin de compagnie, il se dit :

— Je le connais ; il le garderait, s'il était neuf.

Sur quoi, ce cher Durandin s'en va, une lanterne à la main, une rigole dans le dos, à travers les flaques, et pensant tout bas :

— Fallait-il que j'aie besoin de trouver un gigot gratuit pour venir dîner chez des crétins pareils par un temps semblable !

Pendant ce temps, la famille se met au lit en dialoguant :

— Il est tout de même assommant, cet animal-là... sans compter qu'il triche. Il m'a gagné douze sous parce qu'il se rapprochait toujours de la grenouille.

— Tu ne vas pas me laisser dormir ! inter-

rompt madame; la journée a été assez longue
pourtant, mon Dieu!

On souffle la bougie, on clôt la paupière,
mais soudain tout le monde se réveille en sursaut.

— On marche dans le jardin!

— Tu crois? fait monsieur pâlissant.

— Écoute, on scie un volet.

Après bien des hésitations, on prend un fusil,
on descend, escorté par la cuisinière, et l'on
constate que c'est le vent qui faisait grincer une
branche d'arbre le long de la maison.

Allons, bonsoir; cette fois, l'on s'endort.

Mais, hélas! le malheur, c'est qu'il faudra se
réveiller le lendemain et recommencer la même
vie.

CROQUIS PARLEMENTAIRE

Que d'observations à faire pour un philosophe, que de croquis à prendre pour un cari-
caturiste, dans cette immense salle des Pas-
Perdus où se réunit tous les jours une foule si
bariolée!

Une demi-heure avant la séance, les groupes
se forment, les allées et venues commencent, les
types se succèdent, débouchant par la grande
porte du quai.

Messieurs nos députés sont, naturellement, au
premier plan.

Comme ils se savent regardés, c'est à qui, parmi eux, variera son attitude, de façon à attirer
les yeux; on pourrait compter jusqu'à vingt
poses différentes.

Celui-ci, c'est *le solennel*. Dès la place de la
Concorde il cherche à se composer une figure
majestueuse, boutonne sa redingote, se redresse
avec solennité et charge son front de nuages ar-

tificiels afin que les badauds se disent en le voyant :

— Comme on sent bien que voilà un homme sur la tête duquel reposent les destinées de la France !

Le solennel passe devant les garçons avec une lenteur préméditée ; un gros paquet de paperasses sous le bras, il s'avance droit vers le guichet des places, ne détournant les yeux ni à droite ni à gauche, afin de paraître absorbé dans ses médi-tations.

Il est bien amusant *le solennel*, et il croit le public bien naïf. Il y a longtemps qu'on sait à quoi s'en tenir sur la majesté des... vaniteux chargés de reliques.

Cet autre forme un contraste complet avec le précédent.

Il la fait *à la bonhomie*, les mains dans les poches, affectant dans sa mise une simplicité qui frise le débraillé, le chapeau en arrière, le sou-rire aux lèvres, il envoie des bonjours de droite et de gauche, fait de petits signes de tête, distri-bue des poignées de mains, tape sur l'épaule. Tout cela pour qu'on dise :

— Comme il a l'air bon garçon! on ne se douterait jamais, à le voir si simple, que c'est un homme qui prononce de si grands discours.

Ce troisième, c'est *le galantin*. Il ne voit dans le mandat législatif qu'un piédestal pour parader devant les belles dames.

Dès l'instant où il met le pied hors de chez lui, il n'a plus d'autre préoccupation : pommadé, musqué, les cheveux ramenés par un savant cosmétique, les favoris rajeunis par une teinture ingénieuse, serré à la taille, le lorgnon à l'œil, il s'avance d'un pas sautillant, comme une danseuse qui entre en scène. Un peu plus, il ferait des ronds de bras et des pirouettes.

Son œil, langoureusement investigateur, scrute la haie des curieux pour y chercher les représentantes du beau sexe. S'il en aperçoit une de sa connaissance, il s'élance, la bouche en cœur, et, faisant une révérence en demi-cercle, entame un caquetage au patchouli. Puis il reprend ses glissements onduleux, va porter à quelque autre nymphe sur le retour ses salutations parfumées, ricochant ainsi de madrigal en madrigal, jusqu'à la salle, où il fera des effets de pieds ou de mains devant les tribunes. Sans préjudice des coups de lorgnette qu'il enverra aux belles. Ce n'est pas un homme, c'est un papillon d'État.

Ce quatrième, c'est *l'expansif.*

Comme les autres, il vise à se faire remarquer ; mais il procède brutalement, par les grands éclats de voix, par les gesticulations éperdues. Dans la salle des Pas-Perdus, il vocifère déjà, il frappe du pied, il tape dans ses mains, il secoue son interlocuteur par le collet de son habit.

— Impossible, pense-t-il, de passer inaperçu, grâce à ce système. Impossible que les badauds ne se fassent pas cette réflexion :

— A là bonne heure, voilà un homme qui a des convictions ardentes.

Ce cinquième, c'est *le terrible.*

Il veut à tout prix passer pour un foudre de guerre. La moustache hérissée, l'œil roulant dans l'orbite, il toise le public en semblant grommeler entre ses dents :

— Y a-t-il quelqu'un ici qui se permette de ne pas être de mon opinion ? qu'il ose s'avancer et je l'embroche.

Au fond *le terrible* n'embroche rien du tout, et c'est en général le plus débonnaire des législateurs. Mais raison de plus pour se donner l'apparence de la réalité.

Nous avons aussi *le timide*, que la curiosité gêne, que le moindre regard fait rougir et qui cherche à se faufiler en rasant les murailles. Mais je dois convenir que celui-là est l'infime exception.

N'oublions pas *le boute-en-train* qui s'est donné pour mission de colporter le dernier calembour du jour ou le racontar à la mode. On le voit aller de l'un à l'autre, redisant son petit boniment, éclatant de rire lui-même pour annoncer la gaieté, et s'éloignant sur ces mots, qu'il répète à chacun :

— Elle est bien bonne, n'est-ce pas ?

J'ai à vous présenter encore *le maladif*, une sensitive, un roseau, un fourreau qu'use la lame !

Le maladif arrive voûté, emmitouflé dans des cache-nez gigantesques, semblant appuyer sa marche chancelante sur une canne, toussant quand on l'observe, s'arrêtant en haut des

marches comme s'il ne pouvait reprendre sa
respiration, histoire de faire dire :

— Quelle abnégation ! trouver encore la force,
quand on est dans un pareil état, de se dévouer
aux intérêts de son pays !

Je suis forcé d'en passer, et des meilleurs ;
mais ces quelques coups de plume auront suffi,
j'espère, à vous donner une idée de la collection
complète et à vous suggérer l'envie d'aller lui
rendre visite vous-même un jour que, après
votre déjeuner, vous n'aurez rien de mieux à
faire.

Une autre fois, si j'en ai le loisir, j'y revien-
drai moi-même et je vous ferai faire connaissance avec le personnel féminin.

* *
*

— Il paraît, mesdames, qu'on va réaliser une
innovation à laquelle vous serez probablement
sensibles.

Le droit de location des chaises des Champs-
Élysées vient d'être mis en adjudication, et le

nouvel adjudicataire qui est, à ce qu'il paraît, un homme galant, a décidé qu'à dater du printemps de la présente année, il instituerait à l'usage féminin un service tout nouveau de petits bancs.

Donc, mesdames, lorsque vous irez, si la fin des averses le permet jamais, entendre aux Tuileries les trilles du piston et les arpèges de la petite flûte, ou bien encore quand vos doigts manieront le crochet, vous n'aurez plus à subir une inutile fatigue.

Cette réforme va nécessairement donner naissance à une profession nouvelle : celle d'ouvreuse en plein air. Des ouvreuses qui n'auront rien à ouvrir, mais qu'importe.

Avec le petit banc, les concerts des Tuileries vont tourner de plus en plus au spectacle. Un spectacle où la comédie est jouée par les spectateurs eux-mêmes.

Que de romans se sont ébauchés là au son d'une polka ou d'une marche militaire ! Je me suis laissé conter que la musique des Tuileries était un des terrains d'opération favoris choisis par les maisons du genre de celle de M. de Foy,

pour les premières rencontres entre clients.
. La demoiselle ou la veuve est informée d'un côté :

— Vous ferez bien attention. Un monsieur qui se promènera avec un pince-nez sur le nez, avec un volume à couverture jaune ; lui ne saura rien, bien entendu. On ne le préviendra que s'il vous convient au premier aspect.

Le monsieur est averti, d'autre part :
. — Vous n'aurez l'air de rien, parce que vous ne devez pas avoir l'air... Une demoiselle qui a un signe sur la joue droite, avec sa mère, porte un chapeau avec des fleurs rouges. La mère est maigre comme un clou. Vous passerez à l'heure de la musique, elles seront assises. La demoiselle travaillera pour se donner une contenance. Bien entendu, elle ignore absolument...

Petits bancs, mes amis, vous entendrez plus d'un pied féminin battre impatiemment le rappel sur votre dos, quand l'heure des rendez-vous sonnera inutilement.

***

Clic, clac! clic, clac! Les voilà qui passent les lourdes voitures remorquées par quatre chevaux suant et soufflant à la peine.

Chacune d'elles peut bien contenir soixante personnes environ. Pauvres bêtes!... C'est des chevaux que je parle.

Il y a des amateurs perchés jusque sur le siège du postillon. Je ne répondrais pas qu'il ne s'en glisse pas quelqu'un entre ses jambes ou sur ses épaules les jours de grande presse. Et en avant pour la pérégrination quotidienne, obligatoire et non gratuite. Ce sont les embrigadés du tourisme qui vont visiter Paris. C'est la chaîne du plaisir rappelant la chaîne du bagne.

Une des curiosités de l'heure présente, un des signes de notre temps, que ces caravanes à forfait instituées par des entreprises anglaises. Il y avait autrefois des marchands d'hommes, il y a des promeneurs d'hommes aujourd'hui.

Heureusement pour les Parisiens, ils sont allés voir ailleurs si le repos y était. Autrement, ces transportations sans jugement de braves gens qui payent pour s'amuser d'une façon aussi désolante suffiraient pour mettre en fuite ceux qui détestent l'invasion sous toutes ses formes.

Impossible en effet de s'aventurer n'importe où il y a quelque chose à voir sans se heurter à ces trombes humaines qui s'abattent tour à tour sur chacun de nos monuments, sur chacune de nos promenades.

Il faut voir cela... La curiosité-express !

Ils arrivent dans un musée comme une compagnie arrive pour relever un poste. Attention au commandement !

Leurs deux ou trois cents paires de jambes grimpent les escaliers du Louvre avec un empressement automatique. Les dames mettent les enjambées doubles s'il le faut. Puis une fois dans les salles, ils se précipitent. Une charge de piétons à travers les galeries.

Tout en marchant au pas accéléré, l'avalanche a l'air de regarder pour la forme. Ce sont des coups de tête mécaniques à droite et à gauche, qui rappellent les évolutions du pantin qui coupe les cors à la vitrine du boulevard de Strasbourg.

Coup de tête à droite ! attrape, Raphaël. Coup de tête à gauche ! nous voilà quittes, Rubens.

Et le bataillon avance toujours, martelant le parquet, bousculant devant lui les amateurs qui veulent admirer paisiblement. Est-ce qu'ils ont du temps à perdre devant les chefs-d'œuvre ? Leurs minutes sont comptées dans l'itinéraire quotidien. Chaque coup de cuiller est noté dans cette gamelle. Que leur importe d'ailleurs ! Ils *font le Louvre* comme un scieur de long scie sa pierre. Ce qu'ils veulent, c'est pouvoir dire : J'y ai été.

Bonsoir les maîtres. Ils n'ont pas le loisir de vous savourer. Ils ont encore à voir dans la journée l'abattoir de La Villette, le puits artésien de Grenelle et l'invalide à la tête de bois.

Et l'on appelle cela voyager, mon Dieu !

Il fallait en arriver à une époque qui, comme la nôtre, usine tout pour voir faire de cette chose charmante, insouciante et capricieuse qu'on appelle le voyage un pas redoublé, un exercice à sueur.

Mais le voyage, c'est l'indépendance et c'est

l'isolement. C'est la faculté de s'arrêter quand on veut s'arrêter ; c'est la liberté de flâner la vie ; c'est le plaisir de dételer l'existence là où on a trouvé un site à contempler, une merveille de l'art ou de la nature à déguster. Le voyage, c'est la servitude secouée pour un temps, c'est la fantaisie substituée à la règle habituelle, ce sont les impressions intimes échangées avec qui vous aime et vous comprend.

Le voyage, c'est un duo, pour le mieux. C'est un quatuor au maximum. Ils en font un orphéon !

Comment peut-il se rencontrer des volontaires pour ce service ambulant qui fait la fortune des recruteurs ? Comment en est-on arrivé à se constituer ainsi troupeau qu'on remorque à l'abattoir de la fatigue ?

Pour ma part, chaque fois que je rencontre ces véhicules gigantesques où ils sont empilés, hommes et femmes, sous prétexte de s'amuser, avec leurs promenades mesurées, avec leurs plaisirs taxés, avec leurs heures tarifées, avec leurs repas pesés, je suis confondu de voir que mes semblables puissent prendre comme une récréation ce que je considérerais comme le plus épouvantable des supplices.

Est-ce voyager vraiment que de marcher au
commandement du cornac qui vous impose la
route à suivre, qui vous crie : « Tant de minutes
d'arrêt! » ou « Tant de minutes d'admiration! »
qui vous remorque de force et en chœur par-ci,
quand vous auriez envie d'aller par-là ?

*
* *

Paris dans l'eau... Paris aux eaux... Paris en
eau... Paris sans eau !...

Lorsque la canicule en feu se met à dévorer la
capitale chacun cherche un refuge où il peut.

Ceux que leur humilité retient au rivage et
qui n'ont pas le moyen de courir les grandes
routes, se contentent de la modeste école de
natation, pendant que les favorisés se répandent
aux quatre points cardinaux des villes aquatiques.

Braquons successivement l'objectif dans les
diverses directions.

L'école de natation n'est pas, s'il vous plaît, un lieu d'observation à dédaigner. L'homme y apparaît, hélas ! dans sa laideur physique. Il s'y montre aussi dans la sincérité de ses ridicules, qu'il ne peut pas dépouiller comme il dépouille ses habits.

Pour peu que vous veuillez regarder d'un peu près, vous retrouveriez, habits à part, tous vos Parisiens avec leurs travers, leurs poses, leurs manies.

Voyez plutôt ce monsieur qui s'avance en se cambrant majestueusement. Comme on sent bien la vanité boursouflée ! Il n'a qu'un regret, c'est de ne pouvoir porter sa décoration à la boutonnière de son peignoir.

Cet autre qui se glisse dans la foule des baigneurs doit également savoir se faufiler dans la vie. Avec un sourire inamovible il répète son « pardon, monsieur ! » et passe. Un malin qui fera son chemin. Il a l'onction et la courbette. Deux qualités qui mènent loin.

Le gourmand, lui, n'y entend pas finesse. Il s'affiche à la buvette où il passe la journée en tête-à-tête avec les saucisses traditionnelles, arro-

sées d'innombrables bocks. Le bain froid n'est
que le prétexte. Il se soucie beaucoup plus du
liquide à l'intérieur que du liquide à l'exté-
rieur.

Voici le grincheux. En caleçon ou en pantalon, il reste naturellement le même. Messieurs,
ne l'approchez pas. Sinon il trouvera un prétexte
pour vous chercher chicane.

— Prenez donc garde, grince sa voix cour-
roucée. Vous vous mettez devant mon soleil !

Si, au contraire, vous vous effacez spontané-
ment, il grommellera entre ses dents :

— Il le fait exprès pour me faire attraper une
insolation.

Tout lui est occasion de gronder. L'eau est
toujours trop chaude ou trop froide. Le bain
trop plein ou trop désert. Un animal insupportable que le grincheux ! On s'étonne seulement
de le trouver à l'école de natation. On l'aurait
supposé hydrophobe.

Ainsi défilent tous les types. Ah ! dame ! le
défilé n'est pas à l'avantage de notre généra-
tion.

On assure que nous nous régénérons.

Franchement nous en avons besoin.

C'est effrayant de voir ce que la vie de Paris fait de ceux qu'elle manipule. Soufflant les uns comme une baudruche, émaciant les autres, surchargeant celui-ci d'une graisse malsaine, décharnant celui-là jusqu'à l'étisie, déformant les épines dorsales, creusant les poitrines, tordant les jambes... Civilisation, contemple tes victimes !

Voilà où aboutit l'existence surmenée, surchauffée que nous menons, remorqués par les passions, les convoitises, les névroses !

On se demande, en sortant de l'école de natation, où ces pauvres artistes peuvent encore trouver des modèles, et l'Apollon du Belvédère apparaît comme une invraisemblable fantaisie, sortie du cerveau délirant d'un sculpteur qui n'avait jamais regardé autour de lui.

On n'a pas précisément une opinion beaucoup plus relevée des grâces et mérites de l'humanité, quand on la regarde de cet autre observatoire qui s'appelle les villes d'eaux.

Quelle population de rachitiques, d'ankylosés,

de dégradés, de dégommés, grouille dans tous ces rendez-vous d'infirmités mutuelles !

Par exemple, il y a plus d'hypocrisie dans l'affaire, et les villes d'eaux, sous ce rapport, sont un cours précieux de méfiance que je recommande surtout aux célibataires désireux de convoler.

Ils y apprendront à quel point on doit se tenir en garde contre les apparences.

Tenez ! admirez cette charmante personne qui passe.

Grâce au savoir-faire de la couturière, du coiffeur, du parfumeur, on dirait la déesse *Hygie* elle-même. (Pour les lecteurs qui ont le bon goût de ne pas savoir le grec : *déesse* de la santé.)

Et, cependant, écoutez les racontars médicaux du lieu. Vous saurez que cette beauté aux dehors séducteurs est une anémique dont les torrents d'eaux ferrugineuses ne peuvent parvenir à réconforter le tempérament en ruine.

Cette autre, aux roses factices, est guettée par l'horrible phthisie.

Cette troisième...

Je vous fais grâce de la nomenclature.

Et pourtant, ce soir, au salon de l'hôtel, toutes ces petites et grandes misères se mettront à valser, à polker, à mazurker.

Une variété de la danse macabre.

Ce qu'il y a de curieux dans la vie des eaux, c'est le soin avec lequel on expédie invariablement les malades dans des pays dont le climat est funeste à leur maladie.

C'est, par exemple, toujours dans la montagne que se réunissent les affections de poitrine.

Un valétudinaire, qui ne peut endurer qu'on ouvre brusquement une porte derrière lui à Paris, est soumis là à des alternatives de chaud et de froid, à des variations de température qui donneraient une pleurésie à un hercule.

Ainsi le veut, à ce qu'il paraît, le caprice de la nature qui a placé les eaux qui sont un remède dans les contrées dont le climat est un fléau.

Cette douce espièglerie est-elle bien généreuse ?

On a souvent écrit sur les eaux. Les uns ont soutenu qu'elles n'avaient jamais guéri personne, les autres qu'elles étaient à elles seules la médecine tout entière.

Elles ne méritent, je crois, ni cet excès d'honneur, ni cette indignité !

Elles sont, dans tous les cas, excellentes pour les médecins. C'est déjà une propriété incontestable et méritante.

Ces pauvres médecins ! songez donc ! Quand vous les avez persécutés de vos doléances pendant onze mois, c'est bien le moins que, le douzième mois, ils puissent se débarrasser de vous en vous expédiant n'importe où.

Et puis, vous y trouvez votre compte aussi.

A toujours consulter le même oracle, la foi se perd. Et la foi c'est la moitié de la guérison. Au retour des eaux, il y a entre malades et médecins comme une nouvelle lune de miel.

Les eaux ont encore la propriété de faire vivre une population de déclassés artistiques dont elles sont la seule ressource.

Monde bien curieux qui aurait droit à une étude spéciale.

Ce que tous ces gens font l'hiver, je l'ignore. Mais, l'été venu, cela se met en campagne. Aux vitres des cafés, dans les villes de bains, appa-

raissent chaque matin de petites affiches impri-
mées ou manuscrites.

Que disent-elles ?

Ceci :

— Grand concert donné par M. Rundiaski et
M^{mo} de Pietraneva, premiers sujets de divers
théâtres.

Ou cela :

— Ce soir au salon de l'établissement, séance
par Mlle de Gobeletarès, sorcière moderne, pres-
tidigitatrice.

Tombola à un franc. Prestiges.

Ou bien :

— Représentation donnée par la famille Cas-
tagnol, composée de cinq personnes. Vaude-
villes et chansonnettes. On terminera par le
Caprice de M. Alfred de Musset.

Race interlope qui glane les pièces de vingt
sous dans le champ de l'ennui public. Ailleurs
on les *pommecuiterait*, mais dans les petites
villes d'eaux (les grandes sont hors de cause) le
désœuvrement est tel qu'on se jette avidement
sur cette pâture.

Et les blasés de Paris sont trop heureux de

passer leur soirée en compagnie de ces virtuoses d'aventure.

Que serait-ce si je voulais entreprendre une description du personnel des villes d'eaux, des intrigues qui s'y nouent, des comédies intimes qui s'y jouent !

Un livre à faire.

.*.

Saviez-vous que les haines célèbres de Rome et de Carthage, des Guelfes et des Gibelins, des Capulets et des Montaigus, ne sont rien auprès de l'animosité que se sont vouée réciproquement les villes qui se disputent, tous les hivers, la clientèle cosmopolite.

Nice et Cannes notamment se sont posé une de ces vendettas qui mériteraient d'être chantées par un poète épique.

Il en résulte des scènes dont le comique serait irrésistible, s'il ne s'y mêlait un petit côté lugubre qui retient le rire sur les lèvres. Voici à peu près la scène :

Vous êtes, je suppose, malade. Votre médecin vous a dit :

— Écoutez !... je vais vous parler sincèrement... Dans ces affections chroniques des bronches (ils ne parlent jamais des poumons, les médecins, ce sont toujours les bronches !) dans ces affections chroniques, notre science perd son latin. Il n'y a qu'un seul remède : le changement d'air. Allez-vous-en donc emprunter au soleil du Midi quelques-uns de ses rayons. Vous vous en ferez de la santé.

Parfait !

Là-dessus, vous vous êtes, patient naïf, mis en chemin, non sans avoir demandé au docteur une feuille de route.

La plupart du temps il vous a répondu :

— Peuh ! Installez-vous à Cannes, à moins que vous ne préfériez Nice.

Ou bien :

— Installez-vous à Nice, à moins que vous ne préfériez Cannes.

Parti sur cette alternative *ad libitum*, vous n'avez naturellement qu'un souci, vous bien

renseigner, afin de fixer votre choix en connaissance de cause.

A la station des Arcs, monte dans votre voi-
ture un monsieur qui évidemment est des environs. Le conducteur lui a ouvert la portière
avec une respectueuse considération. Le chef de
gare lui a crié :

— Mes hommages à madame !

Pas de doute, c'est un Méridional. Il vous
pourra donc fournir des informations précises et
précieuses.

Vous tournez quelques instants autour de votre exorde, puis vous vous décidez à rompre la
glace en posant une question sur Nice. Très-
bien !... L'œil de votre interlocuteur s'est aussitôt animé. Il lance des éclairs.

— Si je connais Nice !... Ah ! oui, je la connais !... Et bien d'autres aussi la connaissent
pour leur malheur.

— Comment, pour leur malheur ?

— Sans doute... quand je pense au nombre
de malheureux et de malheureuses qu'on a
envoyés mourir là-bas !... Oh ! ce n'est pas
long.

— Plaît-il?

— Son affreux climat a vite fait de les expé-
dier dans l'autre monde.

— Quel affreux climat? J'avais entendu dire,
au contraire, que c'était un paradis terrestre.

— Le paradis des courants d'air et des fluxions
de poitrine... Un coin où le vent souffle du matin au soir, comme dans un corridor... Le rendez-vous du mistral!... Vous tournez la rue...
crac! c'est fait... vous êtes pincé... La bise vous
a mordu, et le lendemain vous vous alitez...
Sans compter que c'est un séjour insupportable...
La population la plus mêlée... des chevaliers
d'industrie et des cocotes à la centaine... Et
quelle plage désagréable!... et quelles rues dis-
gracieuses... et quels quais grotesques!... des
quais énormes pour une rivière ridicule où l'on
ne voit jamais d'eau que l'eau des égouts...
Et...

Le monsieur continue sur ce ton pendant une
bonne demi-heure avec la volubilité locale. Encore ne s'arrêterait-il pas, s'il n'était forcé de
descendre, étant arrivé à destination.

Un autre, cependant, le remplace.

Diable! diable! diable!... Ce que le premier vient de vous raconter sur Nice vous a plongé dans des perplexités imprévues. Car c'était sur cette cité qu'en somme vous aviez jeté votre dévolu.— Mais du moment où... c'est autre chose... Vous vous sentez une envie féroce de vous arrêter à Cannes.

Toutefois, comme deux avis valent mieux qu'un, vous vous dites que vous ne feriez pas mal de risquer une contre-épreuve. Justement, le second monsieur n'a pas l'apparence moins méridionale que l'autre.

Vous rôdez autour de votre préambule durant un moment, au bout duquel vous allez vous décider, comme ci-dessus. Mais le second monsieur ne vous en laisse pas le temps.

C'est lui qui prend l'initiative.

— Monsieur vient dans le Midi pour sa santé? interroge-t-il.

— Oui, monsieur.

— Ah!... Excellente idée!... Mais monsieur, je me plais à le croire, ne va pas à Cannes?

— Dame... je ne...

— Ne faites pas cela, monsieur... Au nom

du ciel, ne faites pas cela!... Je n'ai pas l'honneur
de vous connaître; mais on voit tout de suite à
qui l'on a affaire... Je vous le répète, ne faites
pas cela. Un climat meurtrier... Un vent!... Il
n'y a pas sur toute notre côte une localité plus
perfide... On cuit d'un côté sous un soleil tor-
ride, on gèle de l'autre.

— Vous croyez?...

— Je ne crois pas... j'en suis sûr... C'est la
réclame qui dupe les gens... Et quel ennui profond!... Pas une distraction!... A huit heures
du soir, on dirait qu'on se promène dans les
ruines de Pompéï. Les Anglais, qui aiment à
vivre enfermés à double tour, peuvent seuls s'ac-
commoder de cette existence morne, guindée,
cadenassée... Tenez, monsieur, je n'ai pas
l'honneur de vous connaître, mais je vous rends
un service signalé en vous détournant, si jamais
vous en avez eu l'idée, de vous établir dans ce
coin odieux et surfait.

Ainsi parle le second monsieur, qui — point
n'est besoin de vous le dire — est un Niçois,
tandis que le premier était un Cannais.

Vous jugez dans quelle situation d'esprit ces

stances, doucement alternées, peuvent laisser l'infortuné voyageur qui venait chercher l'Eldorado rêvé, et à qui l'on a laissé le droit d'opter entre ces deux résidences si gracieusement portraiturées !...

⁎

Il paraît qu'on va réglementer à nouveau le commerce des marchands d'habits.

En vertu d'un avis placardé sur les murs de Paris, les marchands d'habits doivent se rendre à la préfecture de police pour changer leurs médailles et se faire régulièrement inscrire.

En outre, on va leur distribuer une sorte de code contenant toutes les prescriptions auxquelles ils seront forcés de se soumettre désormais.

Ceci s'adresse beaucoup plutôt, il faut bien le dire, au marchand d'habits en boutique qu'au marchand d'habits nomade.

Ce dernier type, en effet, tend à disparaître de plus en plus.

Il y a des quartiers où il est absolument introuvable.

Le fameux *chan d'habits* a cessé de donner sa note spéciale dans le concert des cris de Paris, où il faisait pendant à l'aigrelet *chapeaux à vendre, voilà la marchande de chiffons!*

C'est dommage. Le marchand d'habits du vieux temps avait une physionomie bien pittoresque, bien personnelle. Il connaissait le cœur humain mieux que bien des philosophes, et vous jaugeait son monde d'un coup d'œil. Il avait deux espèces de clients qui lui étaient particulièrement chères, parce qu'il était sûr de pouvoir les exploiter plus facilement.

C'étaient les misérables et les jeunes.

Quand il sentait que la faim était embusquée dans le coin de la mansarde pour guetter le résultat du marché, comme il devenait intraitable ce Gobsek de la nippe !

De même avec les étudiants impatients de réaliser un paletot pour aller déjeuner à Robinson avec la grisette d'autrefois. Il savait, le négociant en défroques, que Mimi Pinson n'aimait pas à attendre.

— Allons, voyons, voulez-vous vingt francs ?

Le paletot en avait coûté deux cents chez le tailleur à papa, il en valait toujours bien quatre-vingt-dix.

— Comment, vingt francs ! vous plaisantez.

— Impossible d'ajouter un sou.

— Tant pis, ce sera pour un autre.

Là-dessus, il fallait le voir, remettant avec une lenteur préméditée son bagage sur son épaule, bagage dans lequel, on n'a jamais su pourquoi, figurait toujours un cor de chasse ou une guitare.

— Alors, comme cela, vous ne voulez pas de mes vingt francs ?... Vous le regretterez.

Et il observait du coin de l'œil Musette, qui s'impatientait en voyant les aiguilles de la pendule marcher et l'heure du train s'approcher.

— Allons, au revoir la compagnie... Quel beau temps ! il ferait joliment bon à se promener.

C'était son trait du Parthe.

Sur quoi, il descendait l'escalier, d'abord lentement, très lentement, pour laisser le temps de la réflexion. Puis, si cette réflexion n'avait pas

l'air d'être suivie de décision, voilà qu'à l'avant-
dernier étage il faisait semblant de dégringoler
quatre à quatre en piétinant sur le carré.

Le vendeur naïf s'y laissait toujours prendre.

— Tu vois bien qu'il s'en va, faisait Musette,
qui écoutait d'en haut; rappelle-le donc. Un
autre t'en donnera moins.

Et on le rappelait, en effet, le chenapan. Il
faisait d'abord mine de ne pas entendre. Et il
rechignait pour tirer son louis de sa poche.
Toute une scène de la comédie humaine.

Si vous ne le rappeliez pas, c'était bien autre
chose.

Ils avaient entre eux une sorte de franc-ma-
çonnerie pour décourager le bourgeois.

Dès que le premier auquel vous vous étiez
adressé rencontrait dans la rue un camarade, un
marché était conclu entre eux. L'autre venait
sous votre fenêtre brailler son refrain. On lui
avait promis vingt sous pour cela.

Vous le faisiez monter. Il vous offrait dix
francs de moins que son collègue. Cela vous
apprenait à marchander, client rebelle !

Le marchand d'habits menait la vie gaiement.

C'était un plaisir que de pénétrer ainsi dans les intérieurs parisiens, sur lesquels il vous aurait fourni les renseignements les plus précis rien qu'à l'inspection.

Comme il vous toisait son monde !

C'était parfois un impitoyable. Il fallait entendre quel ton d'ironie il vous avait, lorsqu'il venait d'acheter une culotte chez un malheureux, pour lui dire :

— Monsieur ne veut pas fouiller les poches pour voir s'il n'oublie pas d'argent dedans ?

Dans ces poches-là, le marchand d'habits faisait quelquefois des trouvailles inattendues. Un auteur célèbre, que je ne veux pas nommer, mais qui rira lui-même en se reconnaissant, laissa un jour, dans la poche d'un paletot qu'il vendait, le manuscrit complet d'une des plus jolies pièces en un acte du théâtre moderne.

Quand l'auteur s'aperçut de l'oubli, il fut désespéré. Où trouver le nomade brocanteur ?

Il y parvint après huit jours de recherches ; mais celui-ci avait déjà revendu le paletot à un confrère dont heureusement il lui donna l'adresse. Lorsque l'écrivain y arriva, il trouva justement son homme en train de lire la pièce, qu'il venait de découvrir en faisant son triage hebdomadaire.

On s'expliqua.

— Ma foi, monsieur, fit le marchand d'habits, ça m'intéressait crânement ; laissez-moi au moins regarder le dénouement avant de vous la rendre... Je vous garantis que ça aura du succès, et si vous voulez me donner un billet pour la première...

Le billet fut promis. Aussi, à la première représentation de... (j'allais dire le titre), pouvait-on voir, à la première galerie, un bonhomme, au visage enluminé, qui applaudissait avec fureur. C'était le marchand d'habits.

Pour faire honneur à son ex-client, il avait endossé le paletot même qu'il lui avait acheté.

Sa prédiction se réalisa ; car la comédie est, comme je vous l'ai dit, restée au répertoire des chefs-d'œuvre en un acte.

N'est-ce pas que vous vous souvenez de tout cela, mon cher *** ?

On se souvient aussi que, jadis, mon homonyme le docteur Véron, désireux de payer sa bienvenue à la société des gens de lettres, institua un prix de dix mille francs pour récompenser la meilleure étude qui serait faite sur le grand romancier.

Personne ne semblait digne des dix mille francs, qui furent en désespoir de cause attribués aux rapporteurs même du concours.

On parut s'étonner beaucoup alors qu'il ne se fût trouvé aucun concurrent pour portraiturer Balzac de façon à satisfaire l'admiration publique. La correspondance de Balzac que l'on a publiée depuis excuse singulièrement l'insuffisance des peintres à la plume.

Comment saisir en effet une figure qui se déclare elle-même insaisissable ?

Voici, en effet, comment Balzac s'apprécie dans une des lettres qui ont vu le jour :

« Je renferme dans mes cinq pieds deux pouces toutes les incohérences, tous les contrastes possibles, et ceux qui me croiront vain, prodigue, entêté, léger, sans suite dans les idées, fat, négligé, paresseux, inappliqué, sans réflexion, sans aucune constance, bavard, sans tact, malappris, impoli, quinteux, inégal d'humeur, auront tout autant raison que ceux qui pourraient dire que je suis économe, modeste, courageux, tenace, énergique, négligé, travailleur, constant, taciturne, plein de finesse, poli, toujours gai; celui qui dira que je suis poltron n'aura pas plus tort que celui qui dira que je suis extrêmement brave, enfin savant ou ignorant, plein de talents ou inepte; rien ne m'étonne plus de moimême. Je finis par croire que je ne suis qu'un instrument dont les circonstances jouent. »

Balzac exagérait un peu. Il avait en lui des qualités maîtresses qui restaient inébranlables, en dépit de toutes les secousses et de toutes les épreuves.

Seulement, comme chez tous les écrivains de ce siècle, chez lui la névrose faisait des siennes par instant. La névrose, que l'on n'avait point encore découverte, ni étudiée, mais qui n'en existait pas moins.

Cet homme, si robuste en apparence, était femme par bien des côtés. Cette sensibilité nerveuse était encore surexcitée chez lui par l'effroyable abus qu'il faisait du travail et du café; ceci stimulant cela.

La correspondance de Balzac le montrera au public sous un aspect qui pourrait le faire mal juger, si l'on n'était prévenu et mis en garde.

Dans un grand nombre de ses lettres, on le voit revenir avec acharnement sur la question d'argent. Sans cesse il parle des échéances auxquelles il a à faire face, des sommes qu'il voudrait gagner, des difficultés pécuniaires contre lesquelles il se débat.

Un commerçant ou un banquier ne s'exprimerait pas autrement.

Était-ce donc avidité? Non; mais Balzac était de ceux qui ont besoin de vivre large.

Ah! ce n'était pas pour garder l'argent qu'il le souhaitait!

Il avait la main toujours ouverte, soit pour donner, soit pour jeter au vent la semence de quelque entreprise grandiose par lui rêvée.

Il aurait voulu la richesse pour conquérir l'indépendance de son cerveau.

Un de ses amis me racontait qu'il lui disait un jour :

— Vois-tu, il me répugne d'écrire toujours sur commande. Ce qu'il faudrait, c'est pouvoir faire deux parties de sa vie. La première pour s'enrichir dans le commerce, la seconde pour penser à son aise. J'ai envie de me faire pendant quelque temps marchand de denrées coloniales, pour ne plus être forcé ensuite de rester marchand d'idées.

Voilà l'homme.

Cet argent, dont le nom revient si souvent dans sa correspondance, n'était pas pour lui un but, mais un moyen.

On voit aussi dans les lettres de Balzac de quelle amertume son cœur était rempli contre ses contemporains, qui le méconnaissaient.

Car il ne faut pas oublier qu'il fut aussi violemment contesté autrefois qu'il est aujourd'hui unanimement acclamé.

Cette injustice lui causait de véritables accès de rage.

Le même ami me racontait qu'un jour, en arrivant chez lui, il le trouva en proie à une sorte de délire.

Il s'était enveloppé la tête avec de l'ouate, prétendant que le moindre bruit lui déchirait la cervelle et pleurant comme un enfant, pour pester ensuite comme un soudard.

— Les misérables, criait-il, ils me tueront! Regarde ce qu'ils écrivent sur moi.

Et il montrait deux ou trois articles de dure critique.

L'un de ces articles était justement signé d'un des fruits secs du temps, hargneux et venimeux comme tous les fruits secs.

— Celui-là, je ne pourrai jamais me baisser assez bas pour le souffleter.

Et il frappait sur la table d'énormes coups de poing.

— Je croyais, remarqua son ami, que le moindre bruit te déchirait la cervelle?

— Pas celui que je fais.

Et, éclatant de rire malgré lui, voilà qu'il arrache ses bandeaux d'ouate, et s'habillant :

— Allons dîner chez Véfour. Il n'y a qu'en

202 Les araignées de mon plafond.

cuisine que mes contemporains y connaissent quelque chose.

Ces contemporains-là, cependant, il ne dédaignait pas de les flatter parfois.

Ce n'est pas sans une vive surprise que l'on trouvera dans sa correspondance de ces billets adulateurs, adressés parfois à des écrivains de second ordre et contenant des éloges emphatiques dont Balzac, bien entendu, ne pensait pas le premier mot.

Lamartine, un jour qu'on lui reprochait d'écrire, lui aussi, trop facilement de ces sortes d'épîtres de complaisance, répondit :

— Quel inconvénient y a-t-il à grandir ceux qui sont trop petits pour vous gêner jamais?

Était-ce aussi l'opinion de Balzac?

Ce qu'il y a de certain, c'est que Balzac ne sortira en rien diminué de cette épreuve si redoutable. La publication des correspondances posthumes est d'ordinaire pour les hommes illustres ou la roche Tarpéienne ou le Capitole. Pas de milieu.

Pour Balzac, ce ne sera ni l'une ni l'autre.

Il avait déjà pris son niveau. Rien ne saurait plus ni le hausser, ni l'abaisser.

* * *

On 'a joué cet hiver, dans un petit théâtre perdu au fond d'une cour, une pièce posthume d'un brave garçon, qui pourrait bien porter dans l'histoire littéraire de notre temps la qualification de *dernier des bohèmes*.

Albert Glatigny fut en effet le dernier peut-être à vouloir amalgamer, au milieu des réalités cruelles de notre siècle positif, des fantaisies poétisées par Murger et les étrangetés du *Roman comique*.

Quel type bizarre c'était !

Je le vois encore : long comme un jour sans pain, amaigri par les souffrances, ce pauvre Glatigny avait un visage presque enfantin. C'était la phthisie qui mettait ainsi son empreinte rose à ses pommettes.

Mais les déboires aussi bien que la maladie s'acharnaient, sans pouvoir venir à bout de cette insouciance railleuse.

Vous vous rappelez l'étrange quiproquo dont il fut victime, quand la gendarmerie, le prenant pour Jud en personne, le promèna de brigade en brigade à travers la France. Il avait accepté la chose gaiement et en riait le premier.

— C'est étonnant, disait-il, comme je me trouve seul depuis que je n'ai plus ces deux messieurs à mes côtés.

Je me rappelle une autre équipée de ce rimeur inoffensif.

J'habitais alors Saint-Cloud. Un matin, dès l'aube, un soldat m'apporte un billet. Quel est donc ce message ? J'ouvre, fort intrigué. Le billet était signé de Glatigny, qui l'avait daté du poste où il était enfermé depuis la veille.

Il s'agissait de le réclamer. Ce qui fut fait aussitôt.

Après quoi, je lui demandai le mot de l'énigme, et voici ce qu'il me conta :

La veille au soir, à la suite d'une longue promenade, il s'était, vers neuf heures du soir, trouvé dans le parc de Saint-Cloud. Épuisé de fatigue et n'ayant pas un centime en poche, Glatigny s'était dit qu'il lui serait impossible d'aller plus loin et de regagner Paris à pied:

Mais que faire?

Son parti fut pris aussitôt. Il résolut de coucher gratis au violon de l'endroit.

Dans ce but, il avisa un des agents spéciaux de la police impériale qui, suivant l'usage, lorsque l'empereur était à Saint-Cloud, rôdait autour du jardin réservé.

Tranquillement, Glatigny, qui avait flairé son homme tout de suite, s'approche et :

— Voilà un treillage qui ne serait pas difficile à escalader, si l'on voulait.

Ce disant, il montrait la clôture du parc réservé.

— Pourquoi me faites-vous cette remarque? riposte aussitôt l'agent, enchanté de saisir une proie et de tromper l'ennui de son inaction par un épisode inattendu.

— Mais...

Et Glatigny feint de se troubler.

— Avez-vous des papiers?

— Moi... Pas du tout.

— Alors vous allez coucher au poste et vous

12

vous ferez reconnaître demain, si vous pouvez.

C'était justement ce qu'il voulait. Son rêve
était réalisé. Il avait un logis gratuit... et obligatoire.

La seule période de prospérité relative fut,
pour Glatigny, l'époque où il se décida à entrer
à l'Alcazar en qualité de poète-improvisateur.

Il essaya là de ressusciter les anciens succès
d'Eugène de Pradel, et il accomplit de véritables
tours de force poétiques. Mais la clientèle ultra-
prosaïque des cafés chantants n'entendait rien à
ces jeux de la rime et du hasard. La dernière des
inepties hurlée par un comique de dixième ordre
faisait bien mieux son affaire.

Et Glatigny retomba du haut de son rêve
étoilé!

Ce fut une de ses dernières étapes. La mort
devait bientôt le prendre, et quelle mort!... Il
avait collaboré un instant au *Charivari*, où
Banville me l'avait amené. Puis le mal avait fait
de si terribles et de si rapides progrès qu'il avait
dû cesser brusquement cette collaboration.

Il était installé dans un village des environs
de Paris, où il agonisait.

Mais un jour, une idée envahit son cerveau affaibli. Il veut revoir une fois encore cette grande ville qu'il aimait tant et qui n'avait été qu'une marâtre pour l'incompris. En vain on essaye des remontrances, puis des prières.

Il est inflexible dans son exaltation.

— Je me sens mieux... Paris me sauvera !...

Il fallut habiller ce cadavre vivant et le mettre dans une voiture.

Il arriva au *Charivari* tout droit. Il lui fallut près d'un quart d'heure pour gravir l'escalier.

Quand il entra, on aurait dit un revenant.

— C'est moi, fit-il à demi suffoqué... Je vais recommencer à travailler... Sur quel sujet voulez-vous que...

Il ne put achever la phrase et tomba presque évanoui sur un divan.

Quelques jours après il rendait le dernier soupir !

Mais aussi par quelles épouvantables épreuves il avait passé, pour en arriver à cet effondrement final !

La carrière théâtrale de Glatigny (car il fut acteur aussi) fournirait la matière du volume le

plus étrange et le plus douloureusement curieux.

Il avait couru la province, dans les conditions
les plus inouïes. Il avait joué *Ruy Blas* dans
une grange; il avait été régisseur, souffleur, figu-
rant! Tout enfin!

C'est lui qui racontait, avec sa verve habituelle, l'histoire de l'engagement qu'il avait signé avec un directeur, dans le Midi, engagement
où il était stipulé qu'il figurerait sur la scène et,
*au besoin, imiterait tous les bruits de coulisse,
y compris les aboiements de chiens, si c'était
nécessaire à la représentation.*

Ces fonctions, aboiements inclus, lui rappor-
taient trente francs par mois. La nuit, pour se
consoler, il faisait des vers!

Malgré cela, une gaieté intarissable et un
esprit du meilleur aloi!

Que de boutades amusantes dans sa conversation prime-sautière! Que d'anecdotes dans sa vie
cahotée!

Un Monselet de l'avenir s'avisera peut-être de
faire la biographie complète de cet *oublié* et de

ce *dédaigné.* Il n'aura que l'embarras du choix, s'il est bien renseigné.

Un matin, au café des Variétés, il arrive et, abordant un ami :

— Eh bien... tu sais... j'en ai assez de vivre sans profession.

— Ah !

— Oui. J'en ai trouvé une.

— Bah !... Laquelle?

— Je vais me faire crever les yeux.

— Hein?... C'est là ta...?

— Sans doute... On m'a assuré que, dès que je serais aveugle, je saurais jouer de la clarinette.

Au besoin, très crâne et très fier, Glatigny avait alors de ces écrasantes ripostes qui cinglaient impitoyablement la figure de son adversaire.

A preuve :

Un soir, dans un théâtre du boulevard, il marche sans le vouloir, en passant, sur le pied d'un personnage véreux autant que connu, qui, au lieu d'accueillir les excuses sincères de Glatigny, se met à l'entreprendre.

12.

— Vous êtes un maladroit... On fait attention...

— Que voulez-vous, répond Glatigny... je ne
croyais pas devoir m'inquiéter de vos pieds...
J'avais entendu dire que vous étiez toujours à
plat ventre.

Hélas! qu'ils sont lointains déjà tous ces souvenirs qu'a réveillés la représentation de l'*Il-
lustre Brizacier!*...

Si je les ai évoqués, c'est qu'une leçon me
semble en jaillir. Le temps de la bohème est à
jamais passé. Voyez plutôt Glatigny. Il était
doué entre tous. Plus que personne, il avait ce
qu'il fallait pour se dépêtrer de cet abîme. Il y a
sombré.

O vous, qui seriez tenté de l'imiter, que son
exemple vous détourne du sentier fatal!

*
* *

S'il faut en croire les révélations qui pleuvent
depuis quelque temps, les empoisonnements
sont pratiqués, sur la France en général et sur

Paris en particulier, avec une audace que l'impunité ne fait qu'accroître.

Le vin surtout devient réellement effrayant. De son vrai nom, il s'appelle, pour le moment, le *fuschinate*. Des révélations toutes récentes viennent, en effet, de faire découvrir que la fuschsine entre dans la consommation pour une fraction terrifiante.

Il y a longtemps qu'un marchand de vin, sentant sa fin prochaine et donnant ses dernières instructions à son fils, lui disait :

— Souviens-toi qu'on peut faire du vin avec tout... même avec du raisin.

Mais, en ce temps-là du moins, on ne s'avisait pas de choisir précisément les substances toxiques pour compliquer le frelatage d'assassinat.

Je me permettrai même, à ce propos, de faire remarquer aux coquins qui sophistiquent notre breuvage qu'ils font un mauvais calcul. Tuer ses clients n'est pas positivement le moyen d'en augmenter le nombre.

En attendant que les investigations de la police, à laquelle les instructions les plus sévères ont été données, soient parvenues à extirper la fraude, voilà nos chansonniers et autres poètes en tous genres obligés, s'ils veulent rester dans le vrai, d'apporter des variantes bizarres aux refrains d'autrefois.

On ne chantera plus dans *Galathée :*

> Sa couleur est blonde et vermeille,
> Son parfum est *plus doux encore.* (?)

On chantera :

> Sa couleur est d'un bleu sinistre.

On ne parlera plus du *jus de la treille.* Il faudra le remplacer par le *jus de l'alambic.*

Voyez-vous d'ici le joli chœur à boire pour un opéra futur?

Au lieu de :

> Vive le vin!
> Vive ce jus divin.

On dira :

> Vive la fuschine!
> O liqueur divine!

Ce sera charmant.

Il faut reconnaître aussi que c'est beaucoup la faute du public, qui veut toujours juger sur les apparences.

Autrefois, il fallait absolument des vins pelure d'oignon. C'était la mode. On aurait vainement essayé de lui faire comprendre que l'oignon et sa pelure n'ont rien de commun avec le raisin et sa grappe.

Tout d'un coup, on a changé de teinte. La médecine ayant décrété que le bordeaux était plus hygiénique, on est passé du jaune clair au bleu foncé.

Je ne parierais pas que demain on ne voudra pas du vin bleu ciel ou vert pomme.

Ce qui engendrera des quiproquos recommandés aux faiseurs de revues et formulés en dialogues de ce genre :

— Et votre fils va bien?

— Merci, très bien, je suis enchanté de lui.

— Tant mieux.

— Il promet d'être un coloriste des plus remarquables.

— Oh! vraiment!... il fait de la peinture?

— Du tout, il est dans les vins.

Que voulez-vous, il faut prendre ses malheurs le plus gaiement possible.

⁎ ⁎
⁎

On a beaucoup parlé de la nouvelle doctoresse qui vient de passer ses examens devant la Faculté de Paris, où elle a été reçue avec les mentions les plus favorables.

Ce qui est encore nouveau pour nous est passé depuis longtemps dans les mœurs aux États-Unis. Un de nos amis qui revient de là-bas, où il était allé visiter l'Exposition de Philadelphie, nous raconte l'aventure suivante qui lui est arrivée à lui-même.

De passage à New-York, il tombe malade à l'hôtel pendant la nuit. Il fait demander un médecin.

Quelque temps après, le garçon revient en lui annonçant qu'il a amené le seul qu'il ait pu trouver.

Notre ami voit alors entrer une dame tenant un enfant dans ses bras. C'est le docteur. Gravement, il commence la consultation tout en allaitant son bébé, qu'il n'avait pas voulu laisser seul à cette heure, qui était probablement celle du souper nocturne du nourrisson.

Ici, il faudra pas mal de temps pour que des scène de ce genre ne causent plus d'étonnement à la clientèle.

Qu'en pensez-vous?

***

Les pêcheurs à la ligne sont dans la consternation.

D'amont en aval, de Bercy au Point-du-Jour, c'est un seul et même sanglot.

Qu'y a-t-il donc?

Le goujon s'est-il raréfié soudain? Y a-t-il une épidémie sur les asticots? Voudrait-on interdire pendant quatre mois au lieu de deux l'usage de l'hameçon?

Rien de tout cela, mais quelque chose de pire peut-être.

La création des bateaux-mouche fut pour les pêcheurs à la ligne l'abomination de la désola-

tion. L'eau était si calme autrefois; c'est à peine
si tous les huit jours on voyait passer, dans la tra-
versée de Paris, un remorqueur du touage.

Les trains de bois glissaient silencieux, ridant
à peine les surfaces de la Seine.

Le poisson, s'endormant dans une trompeuse
sécurité, était accessible aux séductions du ver
de vase. L'œil pouvait suivre paisiblement les
émouvantes évolutions du bouchon, orné de la
plume traditionnelle.

Tandis qu'avec ces méchants petits bateaux à
vapeur, va te promener! Un flux et un reflux
perpétuel. Le poisson effarouché se méfie comme
un actionnaire échaudé par plusieurs sociétés en
commandite.

Peu à peu, il avait bien fallu en prendre son
parti, et l'on s'était arrangé pour faire comme on
pourrait ménage avec les mouches.

Mais, et c'est là le motif du désespoir dont je
parle, il paraît qu'une seconde Compagnie vient
d'obtenir à son tour l'autorisation d'établir un
second service d'omnibus à vapeur sur la Seine.

Que voulez-vous qu'ils fassent contre deux?
C'est à en avaler sa canne à pêche.

Plus une minute de repos. Un océan en mi-
niature avec des vagues perpétuelles. Avant peu,
je vous le dis, la race du pêcheur parisien aura
disparu et ne sera plus qu'un souvenir.

Beaucoup s'en féliciteront, car c'est encore un
cliché que les quolibets contre la pêche à la
ligne.

Moi je suis de l'avis de l'humoriste qui a dit :

— J'éprouve toujours de la sympathie pour
le pêcheur à la ligne quand je pense qu'au lieu
d'être là inoffensif, il pourrait, comme tant
d'autres, employer sa canne pour battre sa
femme et se servir de ses amorces pour duper
son prochain.

* *

Il paraît que Jules Janin a laissé des mémoires
inédits.

A vrai dire, ces mémoires sont plutôt une
suite de notes prises au jour le jour et écrites
souvent au crayon, en rentrant. Ces notes, Janin
les jetait pêle-mêle dans un grand carton qu'il ne
montrait qu'à ses amis.

— C'est là, leur disait-il en riant, la boîte à la malice.

Il faisait, en parlant ainsi, de la fanfaronnade de méchanceté. Car Jules Janin, surtout dans la dernière période de sa vie, visait par-dessus tout à être l'ami de tout le monde. Mais dans ses *Mémoires*, si Mémoires cela peut s'appeler, on trouvera bien des pages étincelantes que le célèbre critique parla avant de les confier au papier.

C'était un de ses procédés familiers.

Il aimait, à table, quand il n'y avait que des intimes, à se livrer à quelque improvisation fantaisiste, et souvent c'était merveilleux.

Je me rappelle l'avoir entendu un jour, dans une maison tierce où nous dînions ensemble, faire ainsi la *physiologie d'une première représentation.* Un bijou !

Janin était furieux d'être obligé de quitter le dîner en question pour aller remplir, à je ne sais plus quel théâtre, ses fonctions d'aristarque. Et comme on lui demandait, au moment où il allait partir, s'il pensait que la comédie qu'il allait voir dût avoir du succès :

— Du succès ! s'écria-t-il... du succès !... Vous croyez que je puis répondre à une pareille question ? Mais ni moi ni personne ne serions capables de dire, deux minutes avant le lever du rideau, si une pièce, fût-elle un chef-d'œuvre, doit réussir.

Le succès !... Mais vous ne savez donc pas de quoi il dépend ? Le mérite de l'ouvrage n'est que l'accessoire. Le principal, ce sont les dispositions privées de chaque spectateur.

Et à quoi celles-ci tiennent-elles, mon Dieu ?

Ce monsieur n'applaudira pas, parce qu'il a justement, en sortant, eu une scène avec sa femme, qu'il soupçonne de lui être tant soit peu infidèle. Cet autre, parce que la Bourse a baissé. Ce troisième, parce qu'il digère mal son dîner et qu'il a eu l'imprudence de manger, le soir, du homard qui ne passe pas. Ce quatrième, parce que le temps est affreux, qu'il n'a pas trouvé de voiture pour venir et qu'il a été forcé de venir à pied sous la pluie battante. Ce cinquième, parce que certaine dame pour qui il soupire, et qui lui avait donné rendez-vous, n'a pas paru dans la salle. Ce sixième, parce qu'il a mis des

bottes neuves qui agacent ses durillons. Ce sep-
tième, parce que son propriétaire lui a refusé,
dans la journée, de faire des réparations dans
son appartement. Ce huitième, parce que son
collégien de fils, qui est en congé, lui a donné la
migraine à force de vacarme. Ce neuvième, parce
que les pilules que son médecin lui a ordonnées
n'agissent pas...

Et, emporté par sa boutade, Janin de continuer :

— Supposez que les choses soient renversées,
que le n° 1 ait une femme douce ; que le n° 2
ait gagné sur les Mobiliers, que le n° 3 n'ait pas
mangé de homard, qu'il fasse beau et que le
n° 4 ait fumé en venant un délicieux cigare sous
un ciel étoilé ; que le n° 5 ait rencontré la dame
de ses rêves ; que le n° 6 n'ait pas mis de bottes
neuves, et que les pilules du n° 7 aient agi, voilà
l'issue de la soirée changée de fond en comble,
voilà un triomphe à la place d'une chute ou d'un
succès douteux !

Oui, vraiment !... c'est à cela que tiennent les
destinées de l'art. L'auteur n'entre pas seulement
pour le demi-quart dans le résultat d'une première représentation.

Et, ténez, ajouta-t-il en forme de conclusion, en voici la preuve : moi, qui vous parle, si j'avais dîné en compagnie ennuyeuse, je serais allé au théâtre avec une secrète reconnaissance pour la pièce qui m'arrachait au supplice de l'imbécillité. J'y vais, au contraire, avec un ressentiment préconçu, parce que cette pièce me prive du plaisir d'achever agréablement ici ma soirée en charmante société.

Vous verrez que mon feuilleton sera féroce...

Sur quoi il partit en riant.

Gageons que le chapitre des *premières* se retrouvera quelque part dans ses notes posthumes.

* * *

Lùi a-t-on assez marchandé sa statue, à l'un des plus nobles génies dont la France se soit honorée ! Ce n'est pas tant pis pour lui si ce piédestal-là s'est fait si longtemps attendre, c'est tant pis pour nous.

On a reproché à Lamartine ses défauts, qui

étaient simplement l'envers de ses qualités. On l'a notamment qualifié de prodigue.

Lui-même répondait :

— Je n'ai jamais pu, en fait de générosité, trouver la frontière.

- Aussi passait-il toujours par delà.

Une anecdote m'était contée hier encore par un de ceux qui l'approchèrent jusqu'à sa dernière heure.

Elle est charmante, car le cœur s'y double d'esprit.

En ce temps-là déjà, Lamartine, pressé par les nécessités de la vie, ne savait pas toujours où il puiserait pour faire face à ses propres engagements.

Ce qui ne l'empêchait pas (on ne peut pas se refaire), ce qui ne l'empêchait pas d'être resté incorrigible en son péché de largesse et accessible à toutes les sollicitations.

Un matin, un homme de lettres, que nous ne nommerons pas, arrive chez Lamartine. Celui-ci venait justement de toucher une somme avec laquelle il devait faire lui-même un payement de quelque importance.

Le visiteur expose avec émotion le motif de sa visite. Il fait un tableau saisissant de l'état de misère dans lequel il se trouve.

Bref, la tirade aboutit à une demande de mille écus. Lamartine commet la faute d'accéder tout de suite, et avec trop de facilité sans doute, car l'autre, sentant l'exploitation commode, reprend le fil de sa harangue en démontrant que ce premier emprunt lui servira à boucher les trous d'un passé désastreux, mais que le lendemain reste pour lui terrible et menaçant.

— Ah ! s'il avait seulement deux autres mille francs pour reprendre la lutte, ce serait la victoire assurée...

Et ceci, et cela.

Lamartine écoutait. Lorsque son interlocuteur eut fini, les deux mille francs demandés avaient rejoint les trois mille. C'était juste ce qu'il avait encaissé le matin.

Deux heures après, on se présentait pour toucher un billet de cinq mille francs... qui dut être protesté.

Et comme un de ses amis lui reprochait doucement cette excessive bonté :

— Que voulez-vous, mon cher, répondit-il, je n'ai jamais su rester sur l'appétit des autres.

N'est-ce pas que la formule est bien délicatement pittoresque ?

Comment a-t-on pu marchander quelques écus à la mémoire de celui qui donna toujours sans compter ? Dans une telle circonstance, c'était le cas ou jamais de suivre son propre exemple.

* * *

Ce n'est pas que nous valions beaucoup mieux qu'il y a vingt ans; mais nos vices changent de modes.

C'est ainsi que le monsieur qui suit les femmes est aujourd'hui un type presque complètement disparu. On a fini par s'apercevoir que c'était de toute façon un jeu de dupe, et que j'avais raison quand je donnais dans le *Carnaval du diction-naire* cette définition :

Suivre une femme. — Singulière chasse, où le gibier ne se laisse atteindre que quand il est corrompu.

Cette chasse-là n'est plus pratiquée que par quelques obstinés, qui font plutôt cela par manie que par goût.

Elle n'était toutefois pas sans donner lieu à d'amusants épisodes.

Je me rappelle entre autres celui-ci que ce pauvre Lambert Thiboust racontait avec sa verve accoutumée.

Un soir, à la sortie des théâtres, Lambert aperçoit sur le boulevard une femme, à l'allure charmante et distinguée, qui marchait avec précipitation.

En flâneur qu'il était, il se met à marcher derrière elle. On s'engage ainsi dans le quartier de la place de l'Europe.

Par instants, la dame semblait se retourner comme pour s'assurer que Thiboust était toujours là, et lui, prenant cette manifestation pour un encouragement, de redoubler d'ardeur dans la poursuite.

Enfin, la dame s'arrête et sonne à une porte; Thiboust s'élance pour lui parler. Mais, elle, le devançant:

— Laissez-moi vous remercier, monsieur.

13.

Thiboust ne comprenait pas.

La dame poursuivit :

— Mon mari devait venir me chercher chez ma mère où j'ai passé la soirée ; je ne sais quel motif l'en a empêché, mais je me suis trouvée seule, sans voiture, à cette heure attardée, pour la première fois de ma vie. Je vous ai aperçu ; vous m'avez eu l'air d'un galant homme, et, comme j'avais très peur de rentrer seule dans mon quartier désert, je vous ai pris à votre insu comme sergent de ville.

Ce disant, la dame salua légèrement, et, avec un franc éclat de rire, rejeta la porte cochère sur le nez de Lambert Thiboust abasourdi.

⁎⁎

Nous avons assisté à l'engouement provoqué par les convulsions de Mlle Croizette, dans *le Sphinx*, où elle bleuissait avec tant de réalisme. Mme Dorval dut une partie de son triomphe dans *Chatterton* à la façon dont elle dégringolait un certain escalier. Nous avons vu tant de clowns depuis cette époque, que la dégringo-

lade en question risque fort de laisser le spectateur insensible.

Ce qui n'empêche pas que Dorval ait été une
immense artiste.

Ce qui n'empêche pas qu'Alfred de Vigny ait
été un lettré délicat.

Mais il lui manquait précisément ce que son
interprète avait en trop. Autant elle était fou-
gueuse et débordante, autant il était calme,
pondéré, réfrigérant.

Je le vois encore avec sa figure froide et colorée
tout à la fois.

Des roses à la glace !

Je le vois encore avec ses longs cheveux bou-
clés et son profil de vignette anglaise.

Beau diseur, parleur compassé qui s'écoutait
avec une complaisance marquée, de Vigny fut
plus d'une fois, pendant les répétitions de *Chatterton*, choqué par le sans-façon de Dorval, qui
prenait la parole en même temps que lui et lui
coupait sans cérémonie la phrase à effet sur
laquelle il s'étendait solennellement.

On raconte même une anecdote à ce propos.

Un jour, Alfred de Vigny prend Mme Dorval

à part. C'était à l'issue d'une des dernières répétitions et l'on allait jouer la pièce.

Il était bien quelque peu embarrassé pour formuler son observation, car il savait que l'actrice était peu endurante de sa nature.

— Madame Dorval !

— Monsieur de Vigny ?

— Voulez-vous me permettre de vous dire mon impression ?

— Comment donc !

— Je trouve... je trouve que vous vous abandonnez un peu trop.

— Aimez-vous mieux que j'abandonne la pièce ? fit-elle en le regardant bien en face.

De Vigny ne trouva rien à répondre et la chose en resta là. Seulement, à l'issue de la première, comme on applaudissait avec fureur, Dorval, que le public rappelait, passa devant Alfred de Vigny, tellement ému qu'il avait les larmes aux yeux, et d'un ton de vrai gamin de Paris :

— Eh bien, mon auteur... il me semble que voilà que vous vous abandonnez à votre tour !...

***

J'ai bien grand'peur qu'un de ces jours nous ne nous américanisions sous ce rapport.

N'avons-nous pas vu déjà un magasin de nouveautés s'adjoindre une galerie de tableaux ?

L'exemple donné par l'acheteur de *Mil huit cent sept*, de M. Meissonier , pourrait bien trouver des imitateurs, et l'on assisterait à ce singulier spectacle de l'art servant d'annonce au commerce.

On lirait dans les journaux des réclames de ce genre:

« Une grande nouvelle!

« Le directeur du magasin des *Quatorze Quartiers* (le plus vaste, le plus élégant, le mieux approvisionné, le mieux éclairé de l'univers) vient d'acheter à notre grand, à notre admirable, à notre sublime peintre Duflampin son éblouissante, son incomparable, sa divine toile intitulée les *Dalles de la Morgue.*

« Cette œuvre d'une si émouvante réalité va faire courir tout Paris. L'habile directeur des *Quatorze Quartiers* l'a payée un demi-million en un chèque sur la maison Rothschild. Ce chèque portait le n° 31,442. On ne peut, par conséquent, prétendre que le chiffre est exagéré. D'ailleurs, un *fac-simile* photographique en sera exposé dans les grands magasins des *Quatorze Quartiers.*

« Quant au tableau lui-même, l'intelligent administrateur de cet établissement sans rival l'a acquis dans l'idée de le faire admirer par sa seule clientèle.

« Personne ne l'a vu a paris! personne ne le verra! Personne, excepté tous ceux qui viendront acheter *pour plus de vingt francs* à un rayon quelconque.

« Chaque déboursé de vingt francs (on reprend les marchandises qui ont cessé de plaire) donnera droit à une entrée dans le salon d'honneur où les *Dalles de la Morgue* seront exposées. On pourra ainsi faire bénéficier sa famille de ses emplettes.

« Cette combinaison toute nouvelle va accroître encore, s'il est possible, la vogue dont jouit cette maison qui vend le meilleur marché de tout Paris.

« En même temps que l'exposition de la gigantesque œuvre d'art que nous annonçons,

commencera la vente au rabais des *articles
d'hiver défraîchis.* Immense déballage de *gilets
de flanelle avariés* à des prix FABULEUX. »

Ainsi chantera, si cela continue, la réclame
de l'avenir.

C'est fatal, si les artistes se mettent eux-
mêmes à faire passer la question commerciale
avant la question artistique. Et l'on assistera
ainsi au plus étrange des méli-mélo.

Sera-ce un bien? Sera-ce un mal? Je ne me
prononce pas. Je constate.

***

Le doyen des écrivains publics vient de passer
de vie à trépas.

Encore une profession qui disparaît — et qu'il
n'y aura certes pas lieu de regretter, puisque sa
disparition sera comme une attestation donnée
au progrès de l'instruction publique.

Ce n'en étaient pas moins de bien curieux
types que ces déclassés de l'échoppe que leur métier mettait à même de pénétrer tant de secrets.

Que d'épanchements ils recevaient! que de bonnes d'enfants leur confiaient les angoisses de leur cœur, avec prière de transmettre, en sa caserne, à Mars, sapeur au 101ᵉ, les soupirs de Vénus, nourrice sur lieu!

Parfois aussi les hasards professionnels les mettaient en contact avec une clientèle de tout autre espèce, et plus d'un écrivain public fut en rapport involontaire et inconscient avec des notabilités du crime.

Ce qui arriva précisément au père Dumont, le bonhomme que l'on a enterré l'autre jour, et qui exerçait en dernier lieu dans la rue Monge, après avoir été, dit la chronique, valet de chambre de Lamartine.

Un jour (il y a de cela quelques années), un jeune homme se présente chez lui.

Le jeune homme vient lui demander d'écrire pour lui, en Alsace, une lettre à une famille de sa connaissance, pour l'inviter à venir à Paris le plus vite possible.

— Vous ne savez donc pas écrire? fit le père Dumont, assez surpris, en entendant parler son client, qu'il fût à ce point ignorant.

— Non, fit l'autre sèchement et en lui lançant un regard étrange.

Le père Dumont écrivit la lettre, qui partit et qui figura depuis lors au dossier d'une cause célèbre.

Elle était adressée à Mme Kinck.

Le client s'appelait Troppmann.

***

Il y aurait à écrire, si la mode était encore à ce genre d'études philosophiques, un *Traité de la sensibilité.*

Une chanson de Désaugiers fils disait naguère :

> Être sensible, c'est fort bien,
> Mais l'excès en tout est nuisible.
> Avec un cœur comme le mien
> Tout bonheur devient impossible.

C'est probablement pour éviter cet excès de sensibilité universelle que l'homme en général trouve moyen de pratiquer des accommodements qui ne sont pas toujours d'accord avec la logique.

Prenez telle personne. Son culte, c'est l'animal.
Elle ne pourra voir marcher sur la patte d'un
chien sans pousser les hauts cris. Elle verra, au
contraire, un homme mourir de faim sans sourciller. Cette autre assistera aux opérations chi-
rurgicales les plus effroyables avec une sérénité
parfaite, qui ne saurait voir une araignée se
promener sur sa main sans se trouver mal.

Aux courses d'obstacles, nos petites maîtresses,
qui tombent en pâmoison à propos de tout et de
rien, regardent sans sourciller les jockeys se désarticuler et se rompre les os.

C'est par la même raison, sans doute, que de
bons bourgeois qui pousseraient les hauts cris si,
dans la rue, un passant faisait un faux pas à
côté d'eux et se foulait le poignet, c'est par la
même raison que ces bourgeois s'en vont au
cirque contempler et applaudir un monsieur
dont la profession consiste à risquer tous les
soirs sa vie à prix fixe.

Le moindre accident provoque dans la salle des
manifestations de l'émotion la plus vive. Des
dames jugent l'occasion opportune pour se
trouver mal, des hommes ont un commencement

de crise de nerfs, et le lendemain vous entendez répéter cent fois :

— C'est affreux... la police ne devrait pas permettre ces choses-là !

J'admire fort cet élan qui fait tout de suite appel à l'intervention de l'autorité; mais, de bonne foi, à qui vous en prendre, si ce n'est à vous-mêmes, ô badauds! dont la curiosité ne recule devant aucune angoisse? Vous trouvez, et je ne dis pas que vous ayez tort, qu'il est horrible de voir deux mille personnes se réunir tous les soirs, dans l'espoir qu'un de leurs semblables se cassera le cou devant elles.

C'est comme pour les mauvais livres. Le public, s'il se respectait, devrait se charger de procéder lui-même aux épurations que toutes les censures du monde ne sauraient mener à bonne fin. Il en est ainsi pour les jeux du cirque. Si le pauvre diable, qui se joue lui-même à pile ou face tous les jours, n'était pas sûr qu'on viendra en foule pour voir si ses morceaux seront bons après qu'il se sera cassé, il aurait bientôt fait de changer de profession.

Et qu'on ne nous dise pas que ce n'est pas le

danger couru qui est la principale amorce des spectateurs. Il est trop facile de prouver le contraire.

Si l'exercice se faisait au ras du sol, et par conséquent sans péril, personne ne se dérangerait.

Cela est si vrai, que le vieux père Bouthors, qui dirigeait autrefois des cirques ambulants, disait volontiers, quand les recettes baissaient :

— Il nous faudrait un petit accident !

Quand on apprit que Léotard était mort et qu'il avait tout simplement succombé aux suites d'une petite vérole comme le plus vulgaire mortel, une dame fit cette réflexion :

— C'était bien la peine de nous effrayer avec son trapèze !

La dame ne lui pardonnait pas de lui avoir escroqué sa sensibilité.

Tout cela prouve que l'espèce humaine ne vaut pas grand'chose, que les protestations des moralistes n'ont guère d'action, et que les Parisiens, si on leur en donnait l'occasion, feraient queue très volontiers pour aller voir des taureaux ouvrir le ventre à des hommes, ou

même des gladiateurs s'entr'égorger fraternelle-
ment.

* *

Si je vous présentais une nouvelle notabilité
parisienne?

Une notabilité à quatre pattes.

Il a été beaucoup question jadis d'un chien
célèbre, qu'on appelait le Chien-aux-Motifs, parce
qu'il guidait les peintres vers les endroits les plus
pittoresques de la forêt de Fontainebleau. C'est
d'un chien aussi qu'il s'agit, et vous allez voir
que celui-ci ne mérite pas moins que l'autre les
honneurs de la publicité.

Notre quadrupède, que connaissent bien déjà
les habitués des Champs-Élysées, est un barbet
qui a été perdu dans ces parages au commencement de l'année dernière.

Depuis lors, il s'est installé du côté gauche de
la grande avenue, qu'on ne lui a jamais vu traverser.

Comme Sosie, ce farceur de Sans-Nom (c'est

le sobriquet qu'on lui a donné), a trouvé
moyen d'être l'ami de tout le monde. Toutes les
marchandes sont au mieux avec lui; les gardiens
des Champs-Élysées l'ont pris sous leur protec-
tion; les sergents de ville eux-mêmes ont fait
fléchir les règlements en son honneur, et permet-
tent à ce bohème sympathique de circuler libre-
ment. Lui, pas bête, s'est organisé, comme vous
l'allez voir, une existence des plus agréables
pour un vagabond.

M. Sans-Nom s'installe pour coucher dans
une des petites baraques des étalagistes. S'il pleut,
il se faufile sous les tréteaux. S'il fait beau, pour
avoir plus d'air, il se met tout simplement sous
la tente.

Toute la journée, il va et vient dans les contre-
allées, surveillant les boutiques de gâteaux et de
pains d'épice. Aussitôt qu'un acheteur s'approche
de l'une d'elles, il se précipite et fait le beau. Il
est rare qu'il n'attrape pas un ou deux morceaux.
Mais comme il connaît le cœur humain! Après
ce troisième morceau, invariablement, il s'en va,
se disant:

— En voilà assez; si je continue à demander,

on me trouvera importun, et l'on m'enverra une taloche. Passons à un autre.

Tout cela n'est qu'un prélude, les hors-d'œuvre! histoire d'attendre le dîner.

Oh! par exemple, Sans-Nom ne s'y trompe jamais. Aussitôt que six heures sonnent, voilà que, trottinant, il s'achemine vers le restaurant Ledoyen. Là, c'est du sérieux.

Jusqu'à huit heures et demie, il va de table en table, faisant sa récolte, il faut voir !

Il attrape bien quelques rebuffades, mais c'est la très grande exception. Je vous ai dit, d'ailleurs, qu'il est philosophe.

A huit heures et demie, changement de batteries. Après le solide, l'agréable. Ne prenez-vous pas votre demi-tasse, quand vous avez dîné?

Il fait de même, ce sybarite de Sans-Nom. Tranquillement, il traverse le quinconce et, quittant Ledoyen, se transporte au café de l'Horloge, où il procède à la quête des morceaux de sucre. Très bien élevé, d'ailleurs, il subit sans aboyer ni hurler les vociférations de la diva et les horripilantes mélodies de *Nicolas, ah! ah! ah!* lui-même.

A onze heures du soir, la journée finie, l'estomac plein, le cœur content, il regagne sa chambre à coucher, pour recommencer le lendemain.

Mais l'hiver est cruel pour le pauvre nomade. Avec l'hiver, plus de Ledoyen, plus de café-chantant, plus de marchandes. Sans-Nom risque de crever de faim après s'être composé si habilement une existence bourrée de friandises? Quelque bonne âme ne s'offrira-t-elle pas pour le recueillir?

Nous serions heureux, pour notre part, d'avoir pu contribuer à ce résultat. Avis aux amateurs.

L'adresse de Sans-Nom : tous les jours, aux Champs-Élysées, à partir de dix heures du matin, du sixième au vingtième marronnier à gauche.

Quære et invenies.

.. C'est à Sa Majesté le Public que ce discours s'adresse :

— Sire, comme tous les souverains, vous entendez rarement le langage de la vérité. Vos flatteurs encensent d'autant plus vos caprices que leur extravagance est plus choquante. Voilà pourquoi vous êtes le plus illogique, le plus désordonné, le plus despotique, le plus fantasque des monarques.

Sire, sachez que les adulations de vos courtisans ne sauraient vous soustraire aux graves responsabilités qui pèsent sur vous. Vous n'avez pas le droit de dire : Et s'il me plaît d'être dupé, comme Mme Sganarelle disait : Et s'il me plaît d'être battue ! Car, chaque fois que vous êtes dupe, vous êtes en même temps corrupteur.

A toutes les époques, sire, vous avez fait les littératures à votre image, et, franchement, le portrait que certaine école est en train de donner de vous n'est pas pour vous honorer. C'est vous-même qui rédigez vos menus. Comment s'en prendrait-on ensuite au cuisinier qui les confectionne ?

Une édition, deux éditions, dix éditions...
cinquante éditions !...

Cela s'enfourne et se défourne comme autrefois la galette chez le pâtissier du Gymnase. Il
suffit que le bruit se répande qu'un livre a paru,
plein de scandales et de hoquets, grossier de
parti pris, promenant son monde dans toute
les sentines de la société et parlant l'argot du
bagne au lieu de parler la saine et belle langue
française dont les maîtres nous ont transmis le
dépôt; il suffit de cela pour que la boutique du
libraire soit prise d'assaut. Toutes les mains
sont tendues, toutes les poitrines haletantes. Et
il n'y a guère de famille à présent sur la table de
laquelle on ne trouve les volumes dans lesquels
les demoiselles du monde peuvent suivre un
cours de dépravation pratique.

Ce n'est pas la première fois que l'argot fait
irruption dans les lettres. Ce n'est pas la première
fois que les lecteurs et les lectrices sont conduits
dans les bouges. Eugène Suë tenta le premier
l'aventure. Mais avec quels ménagements, et
comme la comparaison prouve précisément notre
dégringolade présente !

Aux scènes de taverne et de turpitude, Eugène Suë s'empressait de faire succéder, dans *les Mystères de Paris*, des tableaux d'autre espèce. Il avait hâte de se rincer la plume, quand il l'avait pendant quelque temps trempée dans ces boues délayées.

Aujourd'hui, au contraire, c'est l'école de la vase à perpétuité qui voudrait nous imposer ses singuliers dogmes. On voudrait transférer les écoles de natation dans le ruisseau.

Et c'est à cette tentative, ô roi Public! que vous donnez votre approbation! C'est vous qui l'encouragez, c'est vous qui la patronnez, c'est vous qui la subventionnez!

Il est, parbleu, tout naturel que, du moment où ça mord, les pêcheurs abondent. Et j'appelle tout spécialement votre attention sur ce côté du débat. Ce n'est pas un roman argotique qui s'étalera demain aux devantures, ce sont dix romans, ce sont cent romans. Y avez-vous pensé? Avez-vous songé qu'à l'heure où j'ai l'honneur de vous parler, assis devant leur table, des légions de plagiaires sont déjà en train de parodier ce genre en l'exagérant? Avez-vous songé à l'ef-

-froyable queue que va remorquer derrière lui le
succès dont vous êtes le complice?

. Sire, le siècle précédent vous avait transmis
un héritage que vous n'avez pas le droit d'alié-
ner : il vous avait transmis le goût, ce plus beau
diamant de votre couronne. Qu'en avez-vous
fait? Et quel moment avez-vous choisi?

C'est à l'heure où la France déchue a tant
d'humiliations à faire oublier qu'on donne à
l'Europe cette carte d'échantillon de notre valeur
intellectuelle et morale!

Encore, sire, n'avez-vous pas même l'excuse
de répondre : Le roi s'amuse ! Ce n'est pas vrai,
le roi s'ennuie ; car ils sont mortellement
ennuyeux, ces livres qu'on achète, non pas pour
le plaisir qu'ils donnent, mais pour la rougeur
qu'ils promettent.

Roi Public, vous êtes coupable sans circonstances atténuantes...

* *

Vous savez que depuis quelque temps c'est une mode passée dans les mœurs littéraires que de venir parler toutes les semaines au public de rhumatismes, de bronchites, d'accidents choléri- formes, de plaies, de bosses et de toute sorte de jolies choses faites pour nous mettre en joie.

Cette fois, le rédacteur médical avait laissé sommeiller les horreurs; son article était con- sacré à l'usage de la viande crue.

Je ne vous cacherai pas que la question m'in- téresse personnellement, mon médecin m'ayant démontré par des raisonnements lumineux que la santé du corps, et par conséquent la santé de l'esprit, ne peuvent être entretenues que par ce système providentiel et réconfortant. Je lus avec avidité.

O angoisse! ô déception ! Le littérateur mé- dical prouvait, à l'aide d'une foule d'arguments qui lui paraissaient irréfutables, que la viande crue est un fléau de l'humanité; que, loin de rien guérir, elle engendre une foule de maladies spéciales; qu'enfin ceux qui s'y adonnent sont destinés à se détériorer physiquement et morale- ment dans le plus bref délai.

14.

J'en demeurai abasourdi. Il y avait de quoi !
Et je me sondai pour bien me rendre compte du
degré de détérioration auquel je me trouvais arrivé.

C'est, vous en conviendrez, une chose étrange
que cette perpétuelle contradiction de la médecine expérimentant et délaissant tour à tour
toutes les méthodes.

— Hâtez-vous, disait jadis un docteur spirituellement sceptique, hâtez-vous de prendre ce
remède pendant qu'il guérit.

On a érigé cette boutade en principe. Il y a
maintenant pour tout traitement l'ascension, le
plateau et la dégringolade : c'est réglé d'avance.
Première période : un médecin découvre ou importe un procédé nouveau, tous les moutons de
Panurge bêlent à l'unisson. Les autres médecins
se dépêchent d'adopter le procédé, afin de paraître aux yeux de leur clientèle se tenir au
courant des progrès de la science. C'est l'ascension.

Seconde période : Le plateau.

Il y en a comme cela pour trois ou quatre ans
d'exploitation paisible. Le remède s'ordonne de

routine. Il paraît avoir une renommée solide-
ment assise. C'est le moment précis que les
malins choisissent pour entreprendre de le dé-
molir, et la troisième période commence.

Un savant s'est fait une réputation en découvrant les vertus du spécifique; un autre savant
se fera une réputation en découvrant ses vices.

Ah! cela va vite, je vous assure. Il faut
entendre déblatérer l'entrepreneur de démoli-
tions :

— Pauvres malades crédules, vous vous êtes
laissés berner. Dieu seul sait ce que ce système
absurde lui a expédié de victimes. Et patati et
patata...

Pour ne parler que de la viande crue, j'ai appris, dans l'article qui m'a si fort décontenancé,
que je m'exposais, en me livrant à cette consommation, à être dévoré moi-même par la trichine,
par le ténia, par toute une légion de vers affa-
més, prenant sur le vif des à-compte sans avoir
la patience d'attendre le cimetière.

Toutefois, une réflexion m'a réconforté.

Je me suis dit que, preuves en main, la sta-
tistique atteste qu'on ne meurt ni plus ni moins

avec toutes les méthodes qui se succèdent en se narguant. Le mal qu'elles font parvient-il donc à s'équilibrer mystérieusement ?...

**

C'est une mode de bien vieille date, en France, que de mettre en couplets toutes les nouveautés. Ainsi l'on a fait pour les tramways.

J'ai justement, en flânant sur les quais, trouvé dans la case des bouquinistes une curiosité que le rapprochement rend actuelle.

Cette curiosité, c'est la chanson comique qui fut composée sur les omnibus, quand ces voitures publiques commencèrent à circuler pour la première fois dans les rues de Paris.

— Vous ne serez peut-être pas fâchés de comparer la qualité de l'esprit d'alors avec la qualité de l'esprit d'aujourd'hui.

Hé ! hé ! la comparaison n'est peut-être pas à l'avantage du présent. Les chansons que j'ai entendues sur les tramways m'ont paru beaucoup plus triviales.

Voici d'abord le refrain de 1828 :

Allons, en route, et point d'abus !
　　Qu'on se serre,
　　C'est nécessaire.
Chacun sa place, et tout au plus,
　　C'est la loi de l'omnibus !

Puis vient le défilé des couplets débités successivement par les diverses personnalités qui occupent l'intérieur du véhicule. (L'impériale n'était naturellement pas inventée alors.)

Première personnalité : *Mlle Félicité, qui regarde un jeune homme placé devant elle* et qui s'exprime ainsi :

C'est Dodore ! oui, c'est sa figure ;
J'm'étais fait un cœur de rocher ;
Mais, voyez quell' drôl' d'aventure,
L'omnibus va nous rapprocher !
C'est pas ma faut' si, quoi que j' fasse,
Nous nous racc'modons aujourd'hui ;
Moi qui n' pouvais plus l' voir en face,
V'là qu' je m' trouv' vis-à-vis d' lui !

Un second couplet est dédié à un *aimable filou qui s'était chargé de passer au conducteur l'ar-*

gent d'une dame du fond et qui a mis par erreur
les six sous dans sa poche :

> De quoi! de quoi! j' crois qu'on chuchote.
> Conducteur, que réclamez-vous?
> De-cett' vieill' qui là-bas radote .
> Je viens d' vous passer les six sous.
> Connu pour un vrai philanthrope,
> Contre les vols j' suis assureur.
> Partout on me cite en Europe,
> Mon cher, vous n'êt' qu'un vieux blagueur !

Le *pick-pocket* n'est donc pas d'invention récente, hélas !

Enfin (ce qui atteste à quel point les omnibus
étaient alors dans leur nouveauté) c'est le tour
d'une *vieille dame qui observe très attentivement
l'indicateur que fait sonner le conducteur* et
qui, l'interpellant :

> Dit' donc, conducteur, c' te pendule
> Qu' vous fait' aller avec vot' doigt,
> C'est un' patraqu' bien ridicule ;
> Ell' radote, comm' chacun le voit,
> C'est une vraie épidémie !
> Ell' n' cess'ra pas de carillonner !
> Il n'est que sept heur's et demie
> Et v'là quatorze heures qu'ell' vient d' sonner !...

Ainsi s'amusaient nos pères. Le piquant de la chose, c'est que la vieille chanson que j'ai déterrée porte la signature d'un jeune homme qui était alors encore inconnu et qui, depuis, fit un certain bruit dans le monde.

Elle est signée pour les paroles et (prodigieux!) *pour la musique aussi* : CH. PAUL DE KOCK!...

* * *

La veuve de Jules Janin a légué à l'Académie une somme de 20,000 francs, qui servira à fonder un prix triennal de 3,000 francs. Ce prix sera accordé à l'auteur de la meilleure traduction française d'un ouvrage latin.

Cette attribution a soulevé d'assez vives critiques.

On s'est étonné surtout que Mme Jules Janin n'ait pas plutôt consacré son argent à encourager la littérature exclusivement nationale, et spécialement la critique dramatique dont son mari fut un des plus illustres représentants, à laquelle il dut le plus clair de sa renommée.

Il y a une bonne raison, au moins en ce qui concerne la critique dramatique, pour jus-tifier Mme Jules Janin de n'avoir pas songé à elle.

Cette raison, c'est que cette critique se meurt, c'est qu'elle sera bientôt morte.

Excepté, en effet, trois ou quatre survivants sérieux de la phalange des lundistes, survivants qu'on ne remplacera pas très certainement quand ils seront décédés, que reste-t-il?

C'est la faute du public. Une faute qu'on a le droit de lui reprocher durement.

Il lui faut maintenant le renseignement express en toutes choses.

Le jargon parlementaire a une formule pour désigner une certaine politique qu'il appelle la *politique des résultats;* l'avidité d'informations dont est possédé le lecteur des journaux est en train de créer la *littérature des résultats.*

Une pièce a été jouée le lundi soir; les trop pressés, les agacés veulent, le mardi matin, sa-voir à quoi s'en tenir, non pas sur la valeur de l'œuvre (c'est leur moindre souci), mais sur la

composition de la salle et sur le total des applaudissements. Ça fera-t-il de l'argent? Ça n'en fera-
t-il pas? Ils n'en demandent pas davantage.

Si ça doit faire de l'argent, ils iront, parce
qu'il sera chic d'y aller.

Vous comprenez que, ce genre de critérium
étant donné, le rôle des critiques se réduit à rien.
Quelques phrases, bâclées en dormant à moitié
sur le marbre même de l'imprimerie, suffisent
pour ces gloutons qui avalent sans goûter.

A quoi bon mettre de la fantaisie, du style, de
l'esprit dans un compte-rendu qu'on ne prendra pas même la peine de lire, dont on ne regar-
dera que les dernières lignes pour savoir s'il y a
four ou succès?

Je ne m'étonne que d'une chose, c'est qu'on
n'ait pas encore inventé le compte-rendu télé-
graphique! A la bonne heure! voilà qui serait en
rapport avec les goûts du jour :

« Première Gymnase — Vilaine salle — Trois
cocotes seulement. — Bâillé premier acte — ap-
plaudi second — rebâillé troisième. — Allez pas
voir ça. »

On y arrivera, je vous le parie, on y arrivera

dans un temps prochain, qui réalisera ce sublime idéal de remplacer, pour la confection des journaux, les lettrés par des commissionnaires.

* *

Le carême et les concerts, les concerts et le carême... L'un ne va pas sans les autres, les autres ne réussissent pas sans l'un.

Au premier rang des virtuoses que Páris applaudit annuellement, figure Francis Planté, l'éminent pianiste. Une anecdote à son sujet.

C'est, à coup sûr, le plus aimable et le plus modeste des instrumentistes que Planté.

Mais, en même temps, nul n'a plus que lui le souci de la dignité artistique. Sa fortune lui assurant une complète indépendance, il ne joue que quand il lui plaît et où il lui plaît.

Vainement on voudrait le couvrir d'or; s'il est à Mont-de-Marsan, sa résidence aimée, et que l'envie de se déplacer ne lui soit pas venue, il repoussera par un simple refus les propositions les plus séduisantes.

De même, quand il est au piano, il n'entend pas qu'on se livre, comme il arrive trop souvent, à des conversations incongrues et blessantes pour l'artiste dont elles semblent faire fi.

Or, un soir, — il n'y a pas très longtemps de cela, ma foi, — Planté avait été demandé par un très riche banquier.

Le prix qui lui avait été offert était exceptionnel. Trois mille francs pour deux morceaux.

C'est accepté.

Planté arrive et se met au piano.

Mais à peine a-t-il préludé que, dans un groupe où se tient précisément le maître de la maison, des colloques à voix presque haute s'engagent, sans le moindre souci des harmonies que le jeune maître fait jaillir du clavier.

Planté s'arrête net et se lève.

On se regarde, on chuchote. Le banquier se précipite.

— Qu'y a-t-il donc ?

— Rien, monsieur... Seulement, je me suis aperçu que je vous gênais pour causer.

Impossible de donner plus spirituellement une leçon de politesse. Ajoutons que Planté la compléta, en prenant son chapeau et en gagnant tranquillement la porte, laissant les trois mille francs derrière lui sans la moindre hésitation.

⁎

Un journal de New-York parle avec enthousiasme de la découverte faite par un chimiste canadien de Toronto, d'un procédé au moyen duquel on peut imprégner de parfum, d'une manière permanente, la pâte du papier dans le cours de la fabrication, et cela d'une façon tellement économique que le prix du papier puisse n'en subir aucune augmentation. Le journal en question raconte qu'un grand fabricant, M. John Rioders, dont les usines produisent par jour dix tonneaux pesant de papier à imprimer, mit au défi l'inventeur, M. Mocrae, de parfumer son papier pendant la fabrication, de façon à ce que le parfum se retrouvât après l'impression des journaux qu'il approvisionne. Le défi fut accepté. Le journal choisi fut le *Sainte-Catherine Journal*, et, six jours seulement après l'opération, la feuille fut servie aux abonnés émerveillés tout imprégnée d'une délicieuse senteur.

Il ne m'est démontré qu'il soit bien nécessaire d'employer du papier odoriférant. Toutefois, la chose étant admise, la découverte peut être bizarrement appliquée, en adaptant à chaque journal ou à chaque usage un parfum symbolique.

L'*Union*, par exemple, serait, naturellement, parfumée à la fleur de lis.

L'*Ordre*, parfumé à la violette.

L'*Avenir militaire* sentirait, la poudre à canon.

Certains journaux financiers, la poudre... d'escampette.

Les journaux de modes, la poudre... de riz.

Les journaux de médecine seraient parfumés à l'huile de ricin.

Le papier sur lequel on imprimerait les œuvres d'Arsène Houssaye embaumerait le patchouli.

Celui sur lequel on imprimerait les romans

alsaciens d'Erckmann-Chatrian embaumerait la choucroute.

Celui sur lequel on imprimerait les romans égrillards de M. Barbet d'Aurevilly sentirait la cantharide.

Celui sur lequel on imprimerait les discours académiques sentirait le moisi.

Celui sur lequel on imprimerait les pièces de M. Clairville,..

Bornons la nomenclature.

*

— Progrès, où t'arrêteras-tu?

Le monde médical est mis en émoi par une découverte nouvelle que le grec me permettrait d'appeler la *télesphygmographie.*

Un crâne mot! Pour l'amour de celui-là les *Femmes savantes* auraient embrassé au moins dix fois.

En langage plus simple, la télégraphie *sphygmique* est une invention qui, avec le concours de l'électricité, permet de constater à distance le nombre et la qualité des pulsations d'un sujet.

Savez-vous qu'il pourrait bien y avoir, dans cette façon de tâter le pouls à distance, le germe d'une révolution dans les mœurs médicales?

Voyez-vous des postes sanitaires installés sur divers points de Paris et mis en relations directes avec les lignes télégraphiques?

On se sent mal à l'aise. On entre au télégraphe. On dépose deux francs et on met son bras en communication avec le médecin de service.

— Docteur, est-ce que je n'aurais pas la fièvre? Voyez.

Lui regarde et répond.

Si c'est *non*, on s'en va rassuré.

Si c'est *oui*, on est prévenu qu'il faut se tenir sur ses gardes.

On rentre chez soi, on se couche et l'on appelle son médecin habituel.

Pour notre époque pressée, qui n'aime pas les non-valeurs de temps, ce serait un système précieux. Il faudra examiner la question de plus près.

*   *
*

Le paragraphe qui va suivre pourrait s'inti-
tuler : *l'Odyssée d'une robe de chambre.*

Celle dont nous voulons vous conter l'histoire
fut jadis offerte à Balzac, qui avait pour la robe
de chambre un faible tout particulier.

Un jour, un de ses admirateurs, instruit de
cette bizarre prédilection, lui envoya pour ses
étrennes l'objet en question. Ah! dame! ce
n'était pas la robe de chambre de tout le monde.
Du velours le plus pur et le plus éclatant (elle
était rouge !), ce vêtement mémorable était de
plus chamarré d'or sur les manches, sur les de-
vants, partout.

Ajoutez à cela une cordelière, également or-
née, et vous n'aurez qu'une faible idée des
rayons que pouvait lancer cette robe de chambre
sans pareille.

Balzac, qui n'entendait pas se rendre grotesque, n'eut naturellement rien de plus pressé
que de revendre la robe à un marchand d'habits
du quartier de la Bourse.

C'est là que la robe de chambre extraordinaire fit un long stage.

Les passants ne connaissaient qu'elle, car elle paradait invariablement à l'étalage.

Une fois par an, seulement, elle disparaissait avec une régularité singulière. Je voulus en avoir le cœur net. Je m'informai, et le marchand d'habits m'apprit qu'il la louait à M. X...,
— un financier d'alors, connu pour ses excentricités, — lequel l'endossait pour ses réunions d'actionnaires.

Ceci se passait vers 1860.

Le financier mourut, et la robe de chambre avait repris sa place à la vitrine, inamovible cette fois, lorsque, ô stupeur ! elle a disparu tout à fait, il y a environ deux mois.

Tout le quartier fut en émoi.

Or, devinez ce qu'est devenu cet accoutrement historique.

Il a été acheté... Je vous le donne en cent... il a été acheté pour le roi de Dahomey, qui trônera affublé de la robe de chambre de Balzac !

Habent sua fata... Il y a une destinée pour les défroques.

15.

⁎⁎⁎

Comme les abus ont la vie dure!... Voilà bien trente ans que, périodiquement, messieurs les agioteurs provoquent des lamentations, des protestations, des pétitionnements.

Autrefois, ce furent les commerçants du passage de l'Opéra qui firent une levée de boucliers contre les attroupements de coulissiers. Le passage de l'Opéra fut évacué, ce qui fit gémir véhémentement les vendeurs de primes et les acheteurs de ferme, ainsi condamnés au plein vent.

Plus tard, la petite Bourse fut entièrement supprimée. Du moins y eut-il tentative en ce sens. Ce fut l'époque où les spéculateurs persécutés recouraient aux moyens les plus invraisemblables pour se ruiner, sans avoir à redouter l'intervention des sergents de ville.

N'avaient-ils pas, entre autres expédients, imaginé de faire queue à la porte des Variétés!

Or, justement, dans ce temps-là, les Variétés, si prospères aujourd'hui, traversaient une crise néfaste. Soudain, un soir, vers sept heures, le directeur, en arrivant au théâtre, voit se dérouler une longue perspective de spectateurs attendant l'ouverture des bureaux.

Folle ivresse! Il monte à son bureau en se frottant les mains.

— Voilà donc un succès!... Ah! quel drôle d'original que le public! La veille encore il faisait froide mine à ma pièce, et tout d'un coup... Enfin, l'important, c'est que l'on se décide à venir. Mieux vaut tard que jamais.

Et il se refrotte les mains ; puis, quand il estime que l'entrée est faite, il descend chez la buraliste :

— Eh bien! cela a marché ce soir... Nous devons avoir fait au moins trois mille!

— Comment, monsieur!... Il y a cent cinquante-deux francs de recette en tout et pour tout.

— Cent cinquante-deux!... Allons donc! c'est impossible.

Il court regarder la salle... un désert!... Mais alors qu'est donc devenue cette foule qui faisait queue tout à l'heure!

La foule, c'étaient les proscrits de la petite Bourse qui s'étaient dispersés dès qu'était venu le moment de prendre ses places.

La même comédie se renouvela huit jours de suite, sans que l'infortuné directeur pût arriver à avoir le mot de l'énigme. Il l'eut enfin et déposa son bilan de désespoir.

Pour en revenir aux plaintes que la petite Bourse provoquait, il faut avouer qu'elles étaient cruellement fondées.

Vous était-il arrivé de passer, dans les temps de bourrasques politiques, dans les parages du boulevard des Italiens ? C'était effroyable pour ces malheureux patentés dont les magasins étaient absolument murés par un décuple rang de promeneurs. Que dis-je de promeneurs ! Ils se gardaient bien de bouger. C'était l'encombrement à l'état d'immobilité permanente.

Pour arriver jusqu'à la boutique d'un des commerçants que masquait cette impitoyable cohue, il eût fallu jouer de la hache et du revolver.

Vous pensez si elles étaient satisfaites, ces victimes cloîtrées malgré elles. Non-seulement elles ne vendaient pas pour un centime dans toute une.

'soirée, mais il y avait un bien autre péril dans ce voisinage murant. Je parlais tout à l'heure du passage de l'Opéra, qui fut pendant longtemps le rendez-vous des boursicotiers. C'est là que se produisit un cas tristement comique de contagion.

Alors, les magasins étaient obstrués et mis dans l'impossibilité de recevoir un acheteur. Or, que faire dans une boutique, à moins que l'on n'y vende ?

Un des marchands du passage, poussé au spleen par le désœuvrement, avait pris le parti d'ouvrir sa porte et d'écouter pour se distraire les bourdonnements d'alentour.

Ce fut d'abord une inoffensive distraction. Puis il prêta une oreille plus attentive et commença à comprendre ce que signifiaient les mots « *primes, reports...* Je donne du 3 à 70 dont 50... » qui bruissaient perpétuellement dans les rassemblements voisins.

Un soir, il s'approcha un peu plus. Justement, dans un groupe installé devant son étalage, on parlait du gain merveilleux réalisé par un coulissier sur une valeur à la mode. Ah ! bah !...

notre boutiquier était mordu au cœur. Huit jours après, il avait un carnet et tripotait avec rage. Au bout d'un an, on vendait tout chez lui par autorité de justice.

Et voilà comment le voisinage de la petite Bourse était doublement redoutable !

A présent la petite Bourse tient ses assises dans les quinconces qui bordent la grande. Là ils ne gênent personne et ne sont gênés par personne, ces messieurs du Cinq.

Sans compter que grâce aux arbres, l'endroit a un aspect de bois très en situation.

<center>* *</center>

On a remis dernièrement sur le tapis la question la plus délicate, la plus ardue, la plus controversable de la législation humaine.

Le douloureux procès d'un élève de Saint-Cyr, qui avait été condamné pour vol, a servi de point de départ à une série de dissertations sur la fameuse recherche de la paternité et sur les nombreux problèmes sociaux qui en dérivent.

N'est-ce pas, en effet, à l'abandon dans lequel le jeune coupable avait été laissé par son père naturel qu'on peut en partie attribuer le fatal entraînement qu'il avait subi ?

Quand Alexandre Dumas fils a écrit ses brochures radicales et intransigeantes sur la matière, il partait d'un point incontestablement juste. Mais où arriverait-il ? à des conclusions irréalisables. C'est là le nœud gordien : trouver les moyens pratiques de réforme.

Un médecin arrive aujourd'hui assez facilement à vous dire:

— Vous avez une fluxion de poitrine.

Et c'est la vérité. Progrès réel, puisque autrefois il vous aurait dit:

— Vous avez une inflammation comme ceci ou une fièvre comme cela.

Mais c'est quand on passe à la thérapeutique que l'auteur s'embarrasse.

De même pour les maladies des lois. (Car les lois sont malades tout comme les personnes.)

Chacun diagnostique que les choses ne sont pas en état sain. Mais comment arriver à la guérison du corps social? Si par exemple vous or-

donnez la recherche de la paternité et imposez
au père naturel des devoirs sanctionnés par un
châtiment en cas d'infraction, vous ouvrez toute
grande la porte à d'odieuses fraudes. Le chan-
tage est aussitôt exploité par des drôlesses qui,
en menaçant de revendications fausses, intimi-
deront les pusillanimes et extorqueront de l'argent aux timorés.

Sans parler de bien d'autres périls qui surgi-
ront, le jour où l'on voudra appliquer ce principe, si équitable en apparence.

Et pourtant le *statu quo* est bien difficile à
maintenir; car tous les jours il engendre des
drames du genre de celui qui s'est dénoué naguère devant le conseil de guerre.

Tenez... j'en sais un plus terrible encore, qui
remonte à une quinzaine d'années et dont le
scandale a été étouffé alors.

M. de X.., personnage très en vue à l'époque
dont nous parlons, avait eu une jeunesse ora-
geuse. Ce qui ne l'avait pas empêché de faire
son chemin, ce qui ne l'empêchait pas, non plus,
de savourer fort paisiblement sa brillante situation.

M. de X... n'était, par ma foi, pas homme à être troublé par le remords, et je gagerais qu'il avait oublié même jusqu'au nom de celles qu'il avait délaissées jadis.

Il rentrait de plein droit dans la catégorie des sceptiques dont Henri Heine disait :

— Ce sont les paralytiques de la conscience.

Les événements, toutefois, ménagent parfois aux plus endurcis des épreuves qui viennent à bout de leur endurcissement.

Un jour un vol important est constaté chez M. de X... On s'est introduit dans son cabinet, on a forcé un secrétaire et emporté une somme considérable.

Plainte, comme de raison ; ardentes recherches, de la justice, désireuse de témoigner de son zèle en l'honneur d'une notabilité de cette taille. Bref, quelques jours après on met la main sur le voleur, un pauvre hère à la vie aventureuse, qui, de chute en chute, de misères en misères, était descendu jusqu'au crime.

On l'amène au juge d'instruction et le premier interrogatoire débute comme il suit :

— Vous reconnaissez avoir commis le vol qui vous est imputé?

— Je le reconnais.

— Avez-vous quelque excuse à faire valoir pour expliquer le détournement dont vous vous êtes rendu coupable au préjudice de M. de X...?

— Je ne sais pas si c'est une excuse, *mais je suis son fils!...*

Vous jugez quel émoi cette brusque réponse put causer.

Immédiatement M. de X... fut mandé, on lui fit part de l'étrange révélation, et, comme le fait était vrai, la plainte fut retirée et l'on s'arrangea pour que l'affaire n'eût pas de suites publiques.

Donnez ce thème à d'Ennery, il en fera cinq actes.

*   *
*

Il paraît, quoi qu'on en dise, que la presse sert à quelque chose.

C'est bien, en effet, à elle que revient l'initia-

tive d'une réforme qu'elle a sollicitée bien longtemps.

Il s'agit du service de nuit que le préfet de police vient d'organiser.

On est exposé à mourir sans secours au plein
cœur de Paris. Les médecins invités à se faire
inscrire pour ce service non obligatoire et bien
gratuit sont arrivés en grand nombre dans les
mairies. Ce sont des étrennes utiles par excel-
lence que celles-là.

A partir de dix heures du soir, vous êtes pré-
venus que si vous êtes malades, et que vous
veuillez le concours d'un Esculape de bonne volonté, c'est dix francs; car, entre nous soit dit,
le public avait parfois de bien singulières façons
de procéder.

— Un docteur ! un docteur ! criait-on au moment de la crise.

Et on l'aurait alors payé sans compter; mais,
le danger passé, bonsoir la générosité.

Il arrivait alors que l'infortuné médecin, qui
était accouru plein de zèle, au risque de prendre
lui-même une fluxion de poitrine, était oublié,
oublié, dédaigné, et que s'il se permettait de ré-

clamer un peu trop vivement son dû, on le ra-
brouait de la bonne manière.

Un de mes amis fut, une nuit, victime d'une
de ces mêmes mésaventures trop fréquentes.

Au beau milieu de son premier sommeil, il
est réveillé en sursaut par un épouvantable carillon; quelqu'un est pendu à sa sonnette et la
tire éperdument.

Comment faire autrement que d'ouvrir?

— Docteur, s'écrie un monsieur éperdu, c'est
pour ma pauvre femme.

— Pardon, monsieur, je n'ai pas l'honneur de
vous connaître, et je n'ai pas l'habitude...

— Je le sais, docteur. Mais il y va de la vie
d'Emma. Si vous saviez combien je l'aime !...
De grâce... au nom de ce que vous avez de plus
sacré...

J'abrège les supplications.

Notre ami, qui est bon homme, au demeurant,
se laisse attendrir, quoique ce fût en plein hiver,
qu'il gelât au dehors et qu'il grelottât de froid
dans ce simple appareil; il répond au monsieur:

— Attendez-moi cinq minutes, et je vous
suis.

Il s'habille en effet, s'en va à pied sous la
neige au domicile de la malade, fait son ordon-
nance et se retire.

Comme on avait eu soin de lui faire comprendre (première délicatesse) que le médecin
habituel de la maison viendrait le lendemain, il
s'abstient de reparaître et attend qu'on veuille
bien lui envoyer le prix de cette visite faite dans
de si peu agréables conditions.

Les mois se passent. Rien.

Mon ami se décide à réclamer par lettre et envoie son domestique.

Celui-ci revient et rapporte à son maître qu'il
a entendu le client s'écrier au reçu de la missive :

— Qu'il aille au diable !... Plus souvent que
je payerai pour une femme qui m'a trompé
depuis.

Vous conviendrez que, s'il fallait que les pauvres médecins entrassent dans de telles considérations, le métier ne serait plus tenable.

Grâce au tarif fixé par la préfecture de police,
le service de nuit fonctionne avec certitude d'être

payé, ce qui ne contribue pas peu à encourager les gens que l'on dérange.

Cette ingratitude du malade quand la maladie est passée, donne lieu parfois à des scènes d'un haut comique.

Le docteur Labbé, notre éminent chirurgien, me contait l'histoire d'un riche marchand américain, venu à Paris l'an dernier pour subir une opération.

Il s'agissait de lui désarticuler l'épaule. Rien que cela.

Examen fait, le docteur Labbé reconnaît qu'il y a peut-être moyen de sauver le membre condamné.

Il entreprend le traitement et réussit.

Quand on lui demande sa note, le marchand guéri fait la grimace et laisse échapper ce beau cri :

— C'est bien cher... *car enfin vous ne m'avez pas coupé le bras !*

Est-ce assez monumental ?

**

Pour une jolie invention, voilà une jolie invention !

Un savant chirurgien de Lyon vient de faire savoir à l'Académie de médecine qu'il a trouvé un moyen aussi neuf qu'ingénieux pour *décortiquer* le nez.

Probablement, vous ne comprenez pas bien, au premier abord, ce que cette décortication nasale veut dire. Moi-même j'ai été un peu en peine devant cette expression d'un néologisme audacieux.

Mais je me suis renseigné.

Il paraît que notre pauvre nez est sujet à des infirmités et difformités sans nombre. Quelques-uns mêmes dépassent toutes les limites de la vraisemblance.

Le nez, chez certains sujets, tourne à la trompe et prend des développements fantastiques. On a soigné dernièrement à l'hôpital un homme qui portait au bout de son nez une véritable courge. Elle avait la forme d'une poire et pesait douze livres !

Pour manger, il fallait que le patient étayât

cet appendice sur une sorte de petit chevalet qu'il
plaçait sur la table.

D'autres exemples, non moins terrifiants dans
leur grotesque, sont cités.

L'Académie de médecine a passé la revue de
ces phénomènes nasaux.

M. Alphonse Guérin lui a présenté, au cours
de la discussion soulevée par le travail de M. Ol-
lier, le moule d'un nez ayant 16 centimètres de
longueur et mesurant en largeur 22 centimètres
d'une joue à l'autre ; M. Larrey a rappelé le cas
observé et opéré par Imbert-Delonnes, et dans
lequel « le nez, partagé en plusieurs lobes
monstrueux, obstruait la bouche et le menton,
et devait être maintenu relevé pour que la respiration pût se faire pendant le sommeil. »

Tout Paris connaît un vieux cocher de remise
qui porte en guise de nez une véritable auber-
gine ; dimension et couleur sont exactes.

Quelles sont les causes de ces monstruosités ?
L'ivrognerie figure au premier rang parmi les
motifs déterminants.

Et, à ce propos, l'inventeur de la décortication
nasale a fait de singulières remarques. Le vin

blanc et l'eau-de-vie ne colorent et ne dilatent pas le nez comme le vin rouge. Celui-ci appose sa marque de fabrique avec une bien plus impitoyable évidence.

Avis aux amateurs !

Comme expérience démonstrative, on a grisé de vin rouge des coqs, et leur crête a tourné au violet le plus pur.

Quant à la décortication du nez, elle consiste à ne laisser absolument que l'os et les cartilages sur lesquels on recolle un morceau de peau emprunté à une autre partie du corps.

Voyez-vous d'ici la discussion s'engageant entre opérateur et opéré :

— Je vais vous faire un nez aquilin.

— Non!... je préfère un nez grec.

— Je vous assure que cela ne siéra pas aussi bien à votre figure.

— Vous croyez... Alors si vous me faisiez un nez à la Roxelane?

Le débat continue...

N'est-ce pas que la décortication n'est pas une des choses les moins originales d'une épo-

que qui a vu et verra encore tant de choses
originales?

* *

On a raconté ces jours-ci l'histoire d'un critique dramatique et d'une artiste appartenant à
un théâtre parisien. Le critique avait parlé avec
quelque sympathie de l'artiste. Celle-ci, en manière de remerciement et sans s'apercevoir que
sa politesse ressemblait fort à une offense, ne
s'avisa-t-elle pas d'envoyer à l'écrivain un cadeau
inattendu?

Notre estimable confrère, stupéfait, à juste
titre, retourna purement et simplement le cadeau
à son expéditrice, qui aura compris la leçon
et juré, mais un peu tard, qu'on ne l'y prendrait
plus.

Ce récit, n'est-ce pas, vous semble la chose
du monde la plus naturelle?

Merci. Cette impression est le plus honorable
certificat que vous puissiez décerner spontané-
ment à la presse contemporaine.

Oui, en effet, il n'y a rien que de parfaitement ordinaire dans la conduite de notre confrère. Mais jadis cet acte n'aurait pas paru naturel du tout.

Il faut bien le dire, il y eut une époque où une trop grande partie de la presse théâtrale presque entière faisait en quelque sorte parade de vénalité. On mettait aux malheureux comédiens le numéro sous la gorge, on pratiquait l'éloge à la tire et l'éreintement amorce.

Il fallait passer sous les fourches caudines de certains maîtres chanteurs dont le salon était scandaleusement décoré des dépouilles conquises sur les victimes de leur plume éhontée.

Hélas! il n'y a pas vingt ans encore que les derniers survivants de ces industries indignes ont disparu de la surface du macadam.

Mais, grâce au ciel, cette disparition est bien complète et bien définitive.

Si complète et si définitive, que le soupçon ne plane même plus sur le dernier des reporters en ces matières. C'est une épuration dont il y a lieu de se féliciter d'autant plus que les infimes du journalisme n'étaient pas les seuls, il y a quarante ans, à exercer des commerces illicites avec leur prose tarifée.

A cette époque, un critique avait l'aplomb d'écrire, à propos d'un ténor qui débutait, cette ligne :

« M. X... promet ; nous verrons s'il tiendra. »

Le pauvre ténor était, en effet, allé la veille exposer au critique que sa situation ne lui permettait pas pour le moment de reconnaître ses bons offices, mais que plus tard...

Et l'autre, dans son cynisme, jonglait le lendemain avec cette équivoque impudente, au beau milieu de son feuilleton !

Sous ce rapport, du moins, notre temps est en progrès. Il faut reconnaître ses qualités, ne fût-ce que pour avoir le droit de fustiger ses défauts.

Puisque je parle des transformations de la presse, constatons la disparition d'un autre type, bien inoffensif et bien comique, celui-là.

Son souvenir m'est revenu en mémoire, l'autre jour, comme je lisais les comptes-rendus de l'inauguration récente du chemin de fer de Châlons à Orléans.

Certes, ces comptes-rendus ont fait de leur mieux et je n'en veux pas médire. Mais comme on sentait que l'habitude n'y était plus! Comme la conviction du sacerdoce manquait!

C'est que, depuis que les chemins de fer sont presque tous achevés, la profession d'*inaugurateur*, autrefois en si grande vogue, a été rayée, abolie.

L'*inaugurateur*!... Mais c'était un vrai type, une physionomie à part. Chaque feuille avait le sien, sans cesse voyageant du nord au sud et de l'est à l'ouest, pour assister à ces solennités, qui se succédaient presque sans interruption.

L'*inaugurateur*!... Je retrouve son portrait dans un volume intitulé *la Comédie du voyage*, et commis par votre très humble serviteur.

Ce portrait, déjà presque devenu une antiquité, on dirait la description d'un fossile.

Mais, à ce titre même, il me paraît intéressant d'en reproduire les traits principaux.

L'inaugurateur, c'était l'écrivain chargé de reliques.

Il avait l'habit noir, il avait la cravate blanche,

16.

et le reste à l'avenant. Tout cela flamboyait et paradait. Il allait partout, foudroyant les senti-nelles de cette phrase :

— J'appartiens à la presse!

C'était un estomac en même temps qu'une tête, l'inaugurateur.

Digérer était pour ses fonctions aussi néces-saire, peut-être plus, que penser.

Concevez-vous le scandale ?

Un inaugurateur qui aurait compromis la di-gnité de son sacerdoce par des embarras gastri-ques au dessert du banquet!

Héroïque devant l'alimentation, il fallait encore qu'il le fût devant l'éloquence de la loca-lité...

Bien plus, au besoin, il se serait jeté dans la mêlée des orateurs.

L'inaugurateur avait toujours, — toujours! — en poche sa fameuse harangue; son toast qui avait eu tant de succès à *Chose* et dans bien d'autres lieux.

Le toast à *messieurs les édiles de la ville de...!*

L'inaugurateur écrivait comme il parlait; de

mémoire. Jadis, il y a bien des ans de cela, il avait composé sur la matière un article qui avait vivement impressionné les boutiquiers de son quartier.

La cérémonie finie, la cravate blanche salie, les mets et les discours engloutis, il rentrait dans sa chambre d'hôtel, ouvrait sa valise à la malice et puisait successivement dans les compartiments.

Ce qu'il en retirait, c'était tour à tour des défroques de style, telles que :

« Grâce aux sages mesures prises par les organisateurs de... »

« Un soleil radieux a constamment favorisé ce... »

Ou bien :

« Malgré une pluie constante qui a essayé de contrarier la... »

« La plus belle moitié du genre humain, si bien représentée ici, ajoutait par ses grâces à l'éclat du... »

« Applaudissant à ces grandes agapes du progrès, cimentant l'alliance des peuples et ouvrant de nouveaux horizons qui... dont... que... ont...

jusqu'à... téls que... vu que... pour assurer la prospérité de notre patrie qui marche à la tête de la civilisation!... »

Puis il remettait les casiers en place, refermait sa malle, faisait blanchir sa cravate, et en voilà jusqu'à la fois prochaine.

Si j'avais été femme, j'aurais aimé pour époux un inaugurateur. Ce style naïf, cette fidélité aux habitudes prises, cette résignation en face des ennuis de l'existence, dénotaient un naturel heureux.

Et puis, si souvent absent!

TROISIÈME PARTIE

DEVISES ET CACHETS

DEVISES ET CACHETS

PETIT AVANT-PROPOS

OUT le monde publie ses mémoires, les diplomates et les comédiens, les financiers et les marchands de chocolat, les acrobates et les hommes d'État.

Pourquoi n'imiterais-je pas cet exemple?

Graveur de mon métier, ayant exercé pendant de longues années, il m'est passé, et il me passe encore, par les mains, tout ce qu'il y a de devises et de cachets intéressants.

J'ai collectionné la série la plus curieuse.

Ce sera ma façon, à moi, d'écrire mes mémoires. Façon qui aura tout au moins le mérite de la brièveté.

Ceci dit, je commence :

Un vieux Graveur.

LE COMTE DE CHAMBORD

« J'ai failli attendre. »

M. PHILIPPART

« J'ai failli sans attendre. »

LE PRINCE NAPOLÉON

« Il n'y a pas d'heure pour les braves. »

M. GAMBETTA

« Souffler vaut mieux que jouer. »

M. ZOLA

« Il faut savoir jeter de la poudrette aux yeux. »

M. EUGÈNE GODARD

Quand on prend du ballon on n'en saurait trop prendre.

Mlle CROIZETTE

« Ni l'or, ni la grosseur ne nous rendent heureux. »

Mlle MAY

« Certifié conforme. »

M. LOUIS VEUILLOT

Cachet sans devise. Rien que le portrait de Cambronne.

M. DE GIRARDIN

« Savoir faire l'article ; tout est là. »

M. ÉMILE OLLIVIER

« Un phare doit tourner. »

Mlle SARAH BERNHARDT

« Ah ! mince ! »

Mlle HORTENSE SCHNEIDER

« Jeune ne puis ; vieille ne *duègne*. »

M. LÉON SAY

« Convertir ! »

M. DE GERMINY

« Les femmes, il n'y a qu'ça ! »

BLONDIN

« J'aspire à descendre. »

M. BOUGUEREAU

« J'aime la peinture sage comme une image. »

THÉRÉSA

« La bouche ne devrait jamais être plus grande
que la voix. »

M. SARDOU

Deux cachets.
Le premier :
« Le théâtre, c'est les idées des autres. »
Le second :
« J'emprunte un qui me vaut dix. »

M. LABOULAYE

Un balancier de pendule à système compensateur.

Devise :

« Maintenant que j'ai assez avancé, je retarde. »

Dʳ RICORD

Cachet mythologique représentant Mercure qui fait de la morale à Vénus.

Vénus n'a pas l'air de l'écouter.

M. MERMET

« On ne gagne pas toujours à être connu. »

LE ZOUAVE JACOB

« Il ne me manque qu'une grotte. »

GRÉVIN

« On dit que les femmes nous font poser. Moi, j'ai toujours fait poser les femmes. »

Mme CÉLINE CHAUMONT.

« Statuette peut valoir statue. »

M. ALPHONSE

« La sauce fait passer le poisson. »

BARNUM

Un tambour devant un coffre-fort.
Exergue :
« Une caisse remplit l'autre. »

LE DOCTEUR X...

« Je suis si savant, qu'on n'en revient pas. »

Mlle MASSIN

« Quelquefois ce serait une chance de manquer le train. »

M. ROCH

Ex-bourreau de Paris.

Cachet représentant un accusé qui fait une
partie avec un juge.
Légende :

« Moi, je ne joue pas. Je ne fais que couper. »

FEU LA GUIMONT

« Il n'y a que le premier faux pas qui coûte. Les autres doivent rapporter. »

M. STRAKOSCH

« Je lance, dont je suis. »

Mlle NANA

« Le budget d'une femme ne doit pas séparer le chauffage de l'éclairage. »

Mlle BEAUGRAND

Deux asperges en croix, avec cette devise : « Nous ne valons que par les pointes. »

M. PAUL FÉVAL

« Dieu et mes droits... d'auteur. »

Mlle CORA PEARL

« Pour arriver, il n'y a pas que le choix. Il y a l'ancienneté. »

M. XAVIER DE MONTÉPIN

« Le bien vient en endormant. »

M. MAYOL DE LUPÉ

« *L'Union* fait ma force. »

Mlle PIERSON

« Le talent est comme les fruits. Il mûrit en automne. »

M. HENRI DES HOUX

« On est instamment prié de bien vouloir renouveler son abonnement. »

M. GANNAL

Une rose avec cet exergue : « *J'embaume.* »

M. DE BROGLIE

Joli mois de mai quand reviendras-tu?

M. DE GAVARDIE

« J'interromps et ne plie pas. »

M. DE GERMINY

SECOND CACHET

Si vous croyez que je vais dire ·
Qui j'ose aimer.

M. DUFAURE

Une châtaigne hérissée de piquants, avec cette devise : ,

« Ce que j'ai de bon, je le cache. »

M. BUFFET

« Être Buffet et n'avoir pu obtenir dix minutes d'arrêt ! »

M. MANET

·« Le laid trouve toujours un plus laid qui le dépasse. »

M. WADDINGTON

« J'ai fait Louis le Débonnaire avant de faire Charlemagne. »

M. LACHAUD

« S'exténuer pour atténuer. »

FEU BULOZ

« Le Français adore les revues. »

M. DE PONTMARTIN.

Une massue avec cet exergue :
« *J'assomme.* »

M. DOMANGE

« Diogène n'avait pas tort. Le tonneau a du bon. »

M. DUQUESNEL

« L'amende amenda. »

L'ABBÉ BAUJARD

« Laissez venir à moi les petits enfants. »

Mlle BERNAGE

« Avec le soufflet, on peut se passer de la claque. »

M. ARSÈNE HOUSSAYE

« Blond, mais autrement que les blés : sans être jamais mûr. »

M. DE ROTHSCHILD

L'or est une chimère,
Sachons nous en servir.

UN IMPRESSIONNISTE

« La critique a beau vouloir nous faucher, nous repoussons. »

LE Dʳ PAJOT

MÉDECIN ACCOUCHEUR

« On ne paie qu'en sortant. »

M. BAZAINE

A tous les cœurs bien nés que la patrie est chère !

M. GOUNOD

« Charmante, l'Angleterre !... Je n'en revenais pas ! »

Mˡˡᵉ HEILBRONN

« Je ne chante que pour les yeux. »

M. VAPEREAU

« Le succès, c'est la littérature des autres. »

M. MEISSONIER

« Je voudrais être *de taille*. »

Mme THÉO

« Ce qu'on fait sauter de cœurs avec une seule mine ! »

M. BARBEY D'AUREVILLY

« Narguer le bourgeois en faisant dire : Quel drôle de corps c'est ! »

LE GÉNÉRAL TROCHU

« J'aurais dû m'appeler de Beauplan. »

M. MONSELET

« Pourquoi cacher mon opinion ? Je suis ventre droit. »

M. X..., *commissaire-priseur.*

Un marteau avec cette devise : « *J'enfonce.* »

M. LECOCQ

Une poule aux œufs d'or, avec cet exergue : « Nom oblige. »

M. CADOL, auteur des *Inutiles.*

« Une fois n'est pas coutume. »

M. Z..., *changeur.*

« La fuite au prochain numéro. »

M. VILLARET

« Il n'y a pas que les chiens qui rapportent...
Les chats aussi. »

M. DE FREYCINET

Devise gravée sur son nouveau portefeuille :
Ah! c'est un métier difficile...

G. NADAUD.

LE DOMPTEUR BIDEL

Quel proverbe désobligeant
Que l'appétit vient en mangeant!

M. DE LESSEPS

« Je percerai ! »

Mme X..., *cocote célèbre.*

Sur l'escalier de son hôtel :
Ainsi que la vertu le vice a ses degrés.

Mlle z..., *autre belle petite.*

Sur le cadran solaire de sa villa :
« Je ne compte que les heures qui éclairent. »

LE GÉNÉRAL DUCROT

La mort a des rigueurs à nulle autre pareilles.
On a beau la prier,
La cruelle qu'elle est se bouche les oreilles
Et vous laisse crier.

M. ALFRED NAQUET
Auteur de la loi sur le divorce.

« La désunion fait ma force. »

M. WAGNER

« Il faut bien consoler les sourds. »

LE CONFISEUR BOISSIER

Sur la façade d'un château, produit de ses économies :
« Plus fait douceur que violence. »

M. SIRAUDIN

« Comment ne serais-je pas heureux, quand la vie n'a pas un cheveu pour moi ? »

Mme PATTI

« Je rends l'écho jaloux. »

M. BOUHY

« Rien de dangereux comme de vouloir paraître plus Faure qu'on ne l'est. »

LE ROI DE BAVIÈRE

Ami et protecteur de Wagner.

« Mon règne fera du bruit. »

M. D'ENNERY

Devise pour l'étui où il met ses décorations :
« Les croix de ma mère. »

M. DARIMON

« J'ai montré que dans une culotte on peut se tailler une veste. »

M. DUPREZ

« Quel dommage qu'*ut* rime si vite avec *zut!* »

M. GUSTAVE FLAUBERT

Par malheur beau varie.
Bien fol est qui s'y fie.

Mlle PAGE

« Une page, c'est sitôt lu ! »

M. CHARLES GARNIER

« Difficile à faire, les nids de rossignols! »

M. ROBERT PLANQUETTE

« La croche Tarpéïenne est près du Capitole. »

M. RICHARD WALLACE

« La générosité doit couler de source. »

M. HYACINTHE (*du Palais-Royal*)

« Quand j'ai les gens dans le nez, ils y sont bien. »

M. WALLON

Auteur de la Constitution républicaine.

« Pardonnez-moi, mon Dieu! Je ne savais pas ce que je faisais! »

M. DE FOY

Entrepreneur de mariages.

« Vous vous moquez de moi, mais je vous fais des cornes. »

QUATRIÈME PARTIE

———

LES MOTS DE LA FIN

LES MOTS DE LA FIN

 N racontait un accident récent.

Une dame ayant imprudemment laissé des fleurs dans sa chambre, a été asphyxiée pendant la nuit.

— Diable! fit X... c'est ce qu'on peut appeler mourir d'une *fleurésie*.

*
* *

Un médecin dîne dans une maison amie.

On cause de la profession.

Le chapitre des consultations arrive.

— Docteur! avec qui aimez-vous le mieux consulter ?

— Avec le docteur X... C'est une mine d'a-
necdotes. *On ne s'ennuie jamais un instant...*

Et le malade pendant ce temps !...

*
* *

Un joli mot historique, toujours à propos de
médecin.

Un de nos savants praticiens soigne en ce moment un personnage du faubourg Saint-Germain.

L'autre jour, comme il sortait, la femme du
malade s'approcha, et lui montrant un flacon
d'eau de Lourdes :

— Vous voyez, docteur, *que nous vous aidons !!*

*
* *

A la Morgue :

Un bonhomme au nez enluminé et aux allures
allumées passe et entre avec un camarade.

Ils regardent.

Et l'ivrogne montrant les dalles à son copain :

— Tu vois où que ça conduit de boire de l'eau.

*
* *

On causait et l'on critiquait les trop nom-
breuses imperfections de la nature humaine.

— Que voulez-vous ? intervint X..., au moment où Dieu créa l'homme, les sciences étaient si peu avancées !

*
* *

Horrible !

Le pauvre B..., un artiste peu heureux, est très malade.

Une série d'abcès graves qui lui causent de vives douleurs vaillamment supportées.

— Pauvre B... ! dit un rapin... C'est la *Caisse des dépôts et résignations.*

*
* *

On causait de Mme X..., coquette et méchante :

— Quel âge a-t-elle ?

— Celui qu'elle donne aux autres.

*
* *

Sur un album :

« L'expérience nous dit : Ici-bas, on paye toute joie. Oui ; mais le malheur, c'est qu'on ne paye qu'en sortant. »

* *

Le docteur X... rencontre un de ses confrères du quartier.

Les voilà qui se mettent à causer sur le trottoir.

Passe soudain un enterrement, venant de la rue voisine.

Le docteur X... s'interrompt et, montrant le convoi à son confrère :

— *Savez-vous de qui c'est?*

* *

Gavroche ouvre les portières à la porte du Cirque.

Descend un gommeux en compagnie d'une grosse cocote boursouflée.

Solennellement il lui donne... un sou, orné de ces mots :

— Tiens, crapaud !

Gavroche regarde le sou, puis de sa voix de fausset :

— Pas étonnant si monsieur n'est pas généreux pour les crapauds, il dépense tout pour les limaces!

* *

Une affiche :

On y lisait de très loin en très gros caractères ce mot palpitant :

ÉLECTION

Naturellement, je me suis approché. Et alors j'ai vu :

ÉLECTION
DE DOMICILE

Le photographe X... vient de déménager.
Il habite à présent rue...

Ce n'est pas la première fois que la réclame exploite à son bénéfice les circonstances politiques.

L'un des plus curieux trompe-l'œil de ce genre fut une affiche qui fut placardée sur les murs de Paris quelques jours avant la fameuse insurrection de Juin.

Les esprits étaient déjà passionnément surex-

cités. Déjà chacun pouvait prévoir qu'on aurait
bientôt à traverser une terrible crise. Or, un
matin, l'affiche en question parut.

Elle était ainsi libellée :

BIENTOT

IL FAUDRA FAIRE DES BARRICADES !

Vous jugez si la foule se précipita pour lire le
reste.

Quel était cet appel à l'émeute? De quel tribun
émanait cette déclaration menaçante?

Le tribun était tout simplement un marchand
d'habits confectionnés qui se signalait alors par
ses singularités. Et le soi-disant appel à l'insurrection finissait ainsi :

> *Pour empêcher le public*
> *De prendre d'assaut le magasin du ···.*
> *Oui, on vient de mettre en vente à des prix*
> *incroyables*
> *Un lot de jaquettes d'été.*

On rit d'abord ; mais comme le moment
n'était pas absolument gai, la police intervint et

arracha les boniments du trop ingénieux confectionneur.

* * *

Écho de Trouville.

Que faire sur la plage, à moins qu'on ne médise ?

Passe M. X..., qui passe pour avoir fermé les yeux sur certaines infidélités conjugales, parce que ces infidélités avaient pour partenaire un banquier connu, grâce à l'amitié duquel M X..., dit-on, fit sa fortune.

Quelqu'un rappelait l'histoire.

— Oui, dit un baigneur de *high-life*, il a commencé par être un mari facile pour devenir un mari aisé.

* * *

La petite X..., du corps de ballet, est protégée par un gros baron.

Ce qui ne l'empêche pas d'avoir un ami de cœur qui répond au nom de Jules.

Or, la petite X... disait hier, en posant pour la vertu relative :

— Enfin, le baron, c'est mon premier.

— Alors, fit une camarade; Jules, c'est ton entresol ?... ·

*
*   *

Je parcourais hier le classement de la future Exposition.

J'y ai trouvé cette rubrique :

— *Machines à épuisement.*

Les cocotes en seront-elles?

*
*   *

M. de X... est le plus volage des époux.

Ce qui fait que sa femme, à force de se voir délaissée, a fini par prendre sa revanche.

On en causait.

— Il paraît, disait quelqu'un, qu'elle a perdu patience.

— Ah !

— Et qu'elle en fait porter à monsieur son époux.

— Franchement, il ne l'a pas volé.

— Non... C'est ce qu'on peut appeler *du bois de justice.*

⁎⁎⁎

C'était dans un concert, l'autre soir.

Une dame de vaste envergure interprétait un morceau.

Elle le faisait en donnant à la musique, une musique de maître cependant, les intonations rauques et les allures vulgaires que trop de cantatrices ont l'air d'avoir empruntées à Thérésa depuis quelque temps.

— Comment la trouvez-vous ? dit un des assistants à l'un de nos confrères qui était assis près de lui.

— Moi ?

— Elle ne manque pas de talent, n'est-ce pas ?

— Je n'en sais rien ; mais voulez-vous savoir l'effet qu'elle me produit ?

— Sans doute !

— Elle m'a l'air de chanter argot !

⁎⁎⁎

On parlait l'autre jour devant Émile Augier d'une famille dont les ressources avaient diminué et qui n'en avait pas moins conservé le même train luxueux à outrance.

— C'est inouï, disait-on.

— Qu'est-ce qu'il y a d'inouï ?

— Ils sont ruinés, et ils vivent toujours de même qu'avant.

— Mon Dieu, fit Augier, c'est bien simple ; autrefois ils payaient de temps en temps quelques dettes, maintenant ils n'en payent plus du tout... *Ils se privent sur leurs créanciers!*

⁎
⁎ ⁎

Mme de C... assistait l'autre soir à une première avec son cousin Gaston, un Ollivier de Jalin de la vie réelle.

Et Mme de C... prenait plaisir à se faire désigner par lui les notabilités galantes qui peuplaient les avant-scènes.

Quand soudain l'arrêtant :

— Savez-vous, mon cousin, que vous êtes singulièrement ferré sur ce monde-là !

— Oui, ma cousine... ferré... à glace.

⁎
⁎ ⁎

Une méchanceté féminine finement aiguisée.

On parlait des projets de mariage d'une beauté célèbre, laquelle beauté appartient au demi-monde.

Ce qui ne l'empêche pas d'être à la veille d'épouser un gentilhomme des plus riches.

— Quelle singulière union! disait-on.

— Où a-t-il la tête?

— Quel motif a pu le pousser à faire une semblable folie?... Pourquoi se marie-t-il avec cette femme?

— Pourquoi? continua Mme de B... avec un sourire impitoyable... C'est peut-être le seul moyen qu'il ait trouvé de ne pas se ruiner pour elle!

★
★ ★

Insectes, que nous voulez-vous?

Je comprends, à la rigueur, qu'on multiplie les expositions de toutes espèces, parce que, en somme, un progrès quelconque peut avoir été réalisé.

Mais faire une exposition annuelle des insectes!

A quoi cela peut-il bien rimer ?

Il avait raison ce monsieur qui, l'autre jour, aux Tuileries, se livra à l'inoffensive plaisanterie que voici :

Il s'approcha du tourniquet qui donne accès dans l'Orangerie, où est établie l'exhibition, et s'adressant au préposé :

— Pardon, monsieur...

— Plaît-il ?

— Qu'est-ce qu'on montre, là dedans ?

— C'est l'Exposition des insectes.

— Ah ! vraiment ! Il s'en est donc créé de nouveaux depuis l'année dernière ?

Le préposé ahuri n'a pas trouvé de réponse.

*
* *

On jouait au jeu des définitions, un soir de cette semaine, dans le salon de l'un de nos confrères.

Le mot *camaraderie* fut proposé.

Au dépouillement, parmi vingt autres, on trouva ce commentaire qui m'a paru digne d'être noté :

« La camaraderie, c'est la banlieue de l'amitié. »

* *

Villemot, cette année-là, était à Trouville en villégiature.

Parmi les habitués du Casino, on remarquait un monsieur, vrai type du chevalier d'industrie, qui prenait des attitudes triomphantes dans les salons, et qui arborait précisément une décoration écarlate dont la provenance paraissait plus que suspecte.

— Quel diable de ruban est-ce là? avait dit Villemot plusieurs fois.

Un baigneur, désireux, sans doute, de se faire bien venir par son zèle auprès du chroniqueur à la mode, avait saisi le commentaire au vol.

Si 'bien qu'un matin, il arriva tout satisfait chez celui-ci :

— Monsieur Villemot, je suis à même de vous renseigner.

— Et sur quoi donc?

— Sur la décoration du grand monsieur brun.

— Quel monsieur?

— Vous savez bien, celui dont vous disiez l'autre jour...

— Ah ! oui.

— C'est un ordre du Portugal.

— En vérité.

— Oui.

— Eh bien ! maintenant qu'on sait où il l'a obtenue, il ne s'agit plus que de savoir comment il l'a gagnée !

⁎
⁎ ⁎

C'est au soleil aussi qu'il faut attribuer la singulière invention d'un gaillard qui a été conduit l'autre jour au poste, et qui passera prochainement devant la police correctionnelle sous une drôle de prévention, ma foi !

Il comparaîtra comme prévenu d'*usurpation de sarcophage.*

Vous ne comprenez pas. Cela ne me surprend nullement, et je me hâte de vous donner le mot de l'énigme.

L'un de ces derniers matins, un gardien du Louvre, qui venait d'ouvrir les portes de la galerie assyrienne, située au rez-de-chaussée, fut surpris (et il y avait de quoi) en entendant sortir un ronflement sonore du fond d'un sar-

cophage en pierre qui figure parmi les curiosités principales de la collection, et qui
passe pour avoir contenu la dépouille d'un ancien roi.

Notre gardien s'approche et qu'aperçoit-il?

Un monsieur tranquillement couché dans le
fond de l'ex-tombe.

Le dialogue suivant s'engage aussitôt :

— Corbleu! monsieur, que faites-vous ici?

— Hein! plaît-il? fait l'autre en se frottant
les yeux.

— Je vous demande ce que vous faites dans...

— Je vais vous l'expliquer, mon ami. J'habite une chambre située au cinquième étage,
juste sous le toit.

— Qu'est-ce que cela peut me faire?

— Laissez-moi poursuivre... Le thermomètre s'y élève, pendant la nuit, à 33 degrés et je
ne puis fermer l'œil. Or, le hasard m'ayant conduit ici l'autre jour, j'y ai constaté qu'on y
jouissait d'une fraîcheur délicieuse... une vraie
fraîcheur de cave... Dès lors, mon plan a été
fait... Avant-hier, pour la première fois, à l'approche de la fermeture, je me suis faufilé sans

être vu dans le fond de ce sarcophage où j'ai passé une nuit délicieuse. J'ai recommencé hier et j'aurais probablement recommencé demain, si je ne m'étais pas laissé surprendre.

Le gardien ahuri a arrêté le délinquant.

Que pourra-t-on lui faire?... Le cas n'a pas été prévu par le code.

⁕

Toujours le jeu des définitions.

On avait proposé, l'autre jour, le mot *testament*.

Chacun dit la sienne.

Le prix fut accordé à la définition que voici :

TESTAMENT. — Celui de tous les lits qui fait le plus rêver, quand on est couché dessus.

⁕

Echo d'atelier.

L'autre jour, le sculpteur P..., célèbre pour ses boutades, vient visiter son ami X...

X... est en train d'achever un tableau représentant Marie Madeleine en prières.

Mais l'artiste, épris de réalisme, a peint une

femme aux proportions colossales et à l'embon-
point ultra-prosaïque.

— Ah! çà, dit le sculpteur terrifié, tu te
trompes. Ce n'est pas la Madeleine que tu peins,
c'est la Bastille.

*
* *

Une scène de la comédie en plein vent.

Deux jeunes sacripants de seize ans environ,
types du pâle voyou, passent devant un bazar.

Le marchand s'est absenté un instant.

L'un des sacripants avance la main pour cueil-
lir un objet. Puis, arrêté par la peur, il la
retire; puis, poussé par la tentation, il l'avance
encore.

— De quoi! fait l'autre. Je t'assure que c'est
pas trop cher, *t'as tort de marchander !*

*
* *

Scandale!

Il n'est bruit que d'une triste affaire de jeu
dans laquelle un gentleman connu serait plus
que compromis.

Il y aurait eu flagrant délit de tricherie et expulsion d'un cercle.

Ces scènes douloureuses se multiplient bien cruellement depuis quelque temps. La terrible passion du jeu va grossissant toujours le nombre de ses victimes.

Les uns y perdent leur fortune, les autres leur honneur. Est-ce là la moralisation qu'on nous avait promise lorsque les jeux publics ont été abolis?

Hélas! ce n'est pas seulement chez nous que les cartes exercent leurs ravages.

Un de mes amis, qui revient d'Amérique, me donne, sur les mœurs de là-bas, des détails bien étranges. Entre autres singularités, il assista un jour, dans une sorte de taverne-tripot, à la scène suivante :

Une partie d'écarté s'engage, avec parieurs de chaque côté.

L'un des joueurs, la première fois qu'il donne, retourne le roi.

Immédiatement, tous ceux qui avaient parié pour son adversaire, tirent ostensiblement leur revolver de leur poche!...

*
* *

Les drôleries de la vie réelle laissent souvent bien loin derrière elles les drôleries imaginées par les plus habiles faiseurs du genre.

Voici une histoire authentique que nous raconte une femme d'esprit.

Il y a de cela deux ans, ma narratrice, qui a passé la trentaine, voit avec effroi sa lèvre supérieure s'estomper d'une légère moustache. Que voulez-vous ?... les brunes !...

Quoiqu'elle ne soit pas coquette, celle-ci, ne tenant pas à faire concurrence à la femme à barbe, se demande s'il n'y aurait pas un moyen de mettre un frein à cette crue intempestive.

Elle ouvre son journal, et justement y voit une superbe annonce préconisant sur le mode lyrique les vertus infaillibles d'une *pommade épilatoire.*

Plus de duvets gênants ! En cinq applications la peau est débarrassée.

Ma narratrice se transporte en personne à l'adresse indiquée, et là, contre ses dix francs, on lui remet un pot dont on lui exalte avec toutes sortes de serments l'efficacité certaine.

Hélas! cette efficacité-là se fait inutilement attendre, et, après avoir employé le pot tout entier, on y renonce.

Deux années s'écoulent. Le temps marche. Ma dame s'aperçoit un autre matin que sa belle chevelure commence à s'éclaircir d'une façon inquiétante.

On se résigne à avoir un brin de moustache. Mais devenir chauve! jamais.

Comment donc faire!

Pour la seconde fois, elle recourt aux annonces... Voilà son affaire :

Pommade merveilleuse contre la chute des cheveux... Telle rue, tel numéro.

Elle s'y rend... Et quelle n'est pas sa stupéfaction! Ce sont les mêmes pots qu'il y a deux ans, c'est la même marchande! On a seulement changé les étiquettes.

La pommade n'ayant pas réussi comme épilatoire, on l'écoule à présent comme régénérateur du cuir chevelu.

Elle faisait tomber jadis. Elle empêche de tomber maintenant!

O jeux de la réclame et du hasard!

* *

L'autre jour Calino perd son parapluie. Il s'en aperçoit le soir en rentrant chez lui.

Où l'a-t-il pu oublier?

Le lendemain, dès l'aurore, il se présente chez un ami à qui il avait rendu visite la veille.

— Est-ce que je n'ai pas laissé mon parapluie ici?

— Non!

Même tentative dans une boutique :

— Est-ce que je n'ai pas...

— Non.

Troisième expérience, également inutile.

A la quatrième fois, on lui répond :

— Votre parapluie !... Parfaitement... le voici.

Et Calino, majestueux :

— Enfin, je trouve donc une maison honnête !

On jugeait jeudi un aimable récidiviste, gredin de la plus belle eau.

Et le président, comme de raison, de poser la question sacramentelle :

— Accusé, comment vous appelez-vous?

Lui, alors, dodelinant la tête.

— Voyons!... Faites donc pas l'enfant ! Vous ne connaissez que moi.

*
* *

Toto est en vacances.

Il s'amusait hier avec des camarades.

Soudain arrive son père qui voit Toto se sauver à toutes jambes.

— A quoi joues-tu donc ? Aux barres ?

— Non, papa. Nous jouons à l'actionnaire et c'est moi qui suis le gérant!

O précocité terrible !

*
* *

Une femme d'esprit que Mme de X...

Son salon est un des derniers salons où l'on sache causer. Il se fait là, en un soir, des dou-

zaines de nouvelles à la main charmantes, qui
se perdent faute d'un récolteur.

La conversation était tombée, l'autre jour,
dans l'intimité, sur un écrivain contemporain
que je ne nommerai pas, mais que vous recon-
naîtrez peut-être au signalement.

Ledit écrivain affecte de faire toujours parade
d'une érudition indigeste et mal ordonnée qui
n'aboutit qu'au fatras, son style étant aussi trouble que son savoir.

Impossible de s'y reconnaître dans ce pêle-
mêle d'idées et de phrases.

— X..., dit la maîtresse de la maison, c'est
un sac de nuit qui se prend pour une armoire...

⁎⁎⁎

Il a été question, ces jours-ci, d'un duel entre
deux docteurs.

On en parlait devant Gondinet.

— Comment! fit-il... *nous ne leur suffisons
plus?*

⁎⁎⁎

— Dis donc, papa, demandait Mⁿᵉ Bébé, gamine de neuf ans, qu'est-ce que c'est donc que d'être blasé?

— Mon enfant, c'est la courbature du bonheur.

*
* *

Un mot cruel de la baronne de Z..., qui est coutumière du fait.

On parlait devant elle d'un pianiste qui s'est fait une réputation à force de platitudes.

Il a ainsi, en se prosternant devant tous les princes d'Europe, conquis une brochette de décorations exotiques qui est le plus clair de son talent.

Ledit virtuose de la courbette doit se faire entendre dans quelque temps à Paris.

— Il parait, disait-on, qu'il jouera à quatre mains.

— Cela le changera, fit la baronne. Ordinairement, il joue à quatre pattes!

FIN

TABLE

TROISIÈME PARTIE
DEVISES ET CACHETS

QUATRIÈME PARTIE
LES MOTS DE LA FIN

IMPRIMERIE D. BARDIN, A SAINT-GERMAIN